PETITS CHEFS-D'ŒUVRE

DES

ÉCRIVAINS DU JOUR

Par

J. Aicard, E. d'Auriac, T. Berrier, H. de Bornier,
A. Bouvier, Champfleury,
J. Claretie, P. Déroulède, A. Dumas, A. des Essarts, V. Fournel,
A. Franklin, E. Gonzalès, A. et H. Houssaye,
Lefeuve de Lescure, E. Loudun, E. Manuel, X. Marmier,
Mézières, X. de Montépin,
P. de Musset, R. de Navery, A. de Pontmartin, A. Scholl,
Anaïs Ségalas, Sully-Prudhomme, O. Uzanne, P. Véron,
P. Zaccone.

TOME PREMIER

PARIS
A. GHIO, LIBRAIRE-ÉDITEUR
GALERIE D'ORLÉANS, 1, 3, 5 ET 7

1880

PETITS CHEFS-D'ŒUVRE

DES

ÉCRIVAINS DU JOUR

'M. Rousseau, organisateur de la présente publication, qui n'a rien d'inédit, en a emprunté le titre à une anthologie du même genre, éditée par Louis Labé en 1844. Elle comportait des morceaux de Dumas père, d'Alfred de Vigny, d'Alfred de Musset, de Théophile Gautier, de Frédéric Soulié, d'Eugène Guinot, de Jules Janin, de Léon Gozlan et d'autres écrivains marquants, qu étaient alors pleins de vie. Plus d'un amateur pourra donc se donner le plaisir de la comparaison. Les deux recueils se ressemblent, qui plus est, en ce qu'ils forment chacun deux volumes, au lieu de trois qu'il leur faudrait pour passer en revue tous les maîtres de la littérature de leur temps respectif. Il y a donc eu de part et d'autre des manquants, mais en petit nombre, quelques-uns involontairement, liés qu'ils étaient par des traités exclusifs, quelques autres par pure négligence, deux ou trois par esprit d'opposition, plusieurs enfin parce qu'aucun de leurs chefs-d'œuvre ne leur paraissait petit.

PETITS CHEFS-D'ŒUVRE

DES

ÉCRIVAINS DU JOUR

Par

J. Aicard, E. d'Auriac, T. Berrier, H. de Bornier,
A. Bouvier, Champfleury,
J. Claretie, P. Déroulède, A. Dumas, A. des Essarts, V. Fournel,
A. Franklin, E. Gonzalès, A. et H. Houssaye,
Lefeuve, de Lescure, E. Loudun, E. Manuel, X. Marmier,
Mézières, X. de Montépin,
De Musset, R. de Navery, A. de Pontmartin, A. Scholl,
Anaïs Ségalas, Sully-Prudhomme, O. Uzanne, P. Véron,
P. Zaccone.

TOME PREMIER

PARIS

A. GHIO, LIBRAIRE-ÉDITEUR

GALERIE D'ORLÉANS, 1, 3, 5 ET 7

1880

PETITS

CHEFS-D'ŒUVRE

DES ÉCRIVAINS DU JOUR

ÉLOGE DE GEORGE SAND [1]

Aujourd'hui 10 juin 1876, nous venons pieusement confier à ce petit coin de terre, presque inconnu et à jamais célèbre, la dépouille mortelle de la plus grande individualité féminine qui ait jamais existé. La postérité nous enviera l'honneur et la joie que

---

[1] Discours qui devait être prononcé aux obsèques de Mme Sand. L'auteur n'a pris qu'au dernier moment le parti de garder le silence, pour céder respectueusement la parole à M. Victor Hugo.

nous avons eus de vivre dans le même temps que cette femme illustre, de l'avoir connue vivante, de l'avoir entendue, de l'avoir contemplée, de l'avoir aimée et d'avoir été aimés d'elle ; elle nous enviera jusqu'au chagrin que cette morte nous cause aujourd'hui. C'est que les plus obscurs et les plus humbles paraissent plus grands aux yeux de ceux qui leur succèdent, rien que pour avoir été les contemporains de ces esprits et de ces âmes qui doivent retentir et rayonner dans l'éternité des siècles.

Ces contemporains sont plus grands, en effet, puisque c'est la mission des génies prédestinés de laisser après eux leur pays et leur époque plus grands qu'ils ne les avaient trouvés. A l'heure où je vous parle, des millions de bouches prononcent le nom de George Sand ; l'immortalité définitive vient de naître de cette mort imprévue ; le monde civilisé sent déjà que quelque chose lui manque et qu'il vient de perdre un de ses meilleurs amis. Tous ceux de l'Europe et du Nouveau-Monde qui entretiennent les peuples des véritables intérêts de l'humanité, leur parlent, à cette heure, et leur parleront longtemps encore de cette femme qui n'a eu son égale dans aucun temps et dans aucun pays.

Aussi, Messieurs, n'ai-je ni l'orgueil ni l'espérance de vous la rappeler comme il faudrait qu'on le fit. Ce n'est pas sous le coup d'une telle mort et pendant les quelques heures qui la suivent que l'on peut peindre ni même esquisser une telle existence. Il faudrait bien des jours, bien des mois de recueillement et de travail pour arriver seulement à faire une étude à peu près digne du sujet. Cette étude, d'autres la feront, et bien mieux que moi, pour ceux qui n'ont pas connu George Sand, pour ceux qui n'osent pas porter tout seuls un jugement sur les œuvres et les actes d'un penseur, d'un écrivain, d'un philosophe de cette nature.

Nous serons morts à notre tour, depuis longtemps, que l'on discutera encore les idées, les théories, les tentatives de cette vaste intelligence. Moi, je n'en ferai rien, surtout dans ce pays où elle est née, où elle a vécu, où elle a souffert, où elle a aimé, où elle venait oublier qu'elle était illustre, où son inépuisable bonté s'efforçait de cacher son inépuisable génie, dans ce pays où elle a voulu mourir, où elle a voulu reposer éternellement au milieu des siens et où il n'est pas un de vous qui ne la revoie en lui-même, mieux que qui que ce soit ne pourrait la montrer.

Je ne sais pas pourquoi il me semble que si cette femme extraordinaire, à qui Paris eût fait des funérailles de reine, a toujours demandé à dormir son

dernier sommeil dans ce petit cimetière, à côté des
plus modestes et des plus obscurs de ses compa-
triotes, sous ces grands arbres qui vont la cacher
et la défendre, à quelques pas de son berceau et du
berceau de ses enfants et de ses petits-enfants, c'est
qu'elle voulait, son œuvre faite, sa journée finie, se
dérober le plus vite possible à sa propre renommée,
et ne vivre sa vie éternelle que dans l'amour et le
souvenir de ceux qui lui étaient chers.

Nous tous qui l'avons connue, ne nous semble-
t-il pas qu'elle nous dit en ce moment : « Mes bons
et chers amis, je suis aise de vous sentir autour de
moi si respectueux et si émus. J'ai accompli ma tâche, j'ai fait mon devoir jusqu'à ma dernière heure ;
j'ai vaillamment accepté les conditions de cette terre ;
j'ai porté ma charge d'épreuves, de douleurs, d'a-
mertumes aussi patiemment, aussi noblement que
qui que ce soit ; je n'ai pas déposé, la mort seule
m'a retiré des mains l'instrument de travail que
Dieu m'avait choisi et confié. Je suis venue tous les
jours à mon champ ; j'ai labouré ma terre, j'ai semé
mon meilleur grain, et je n'ai pris que bien peu
pour moi sur la moisson que je vous laisse. J'ai
lutté, j'ai combattu pour ce que j'ai cru être le bon,
le juste et le vrai : si je vous ai de temps en temps
consolés, ne m'en remerciez pas, j'en étais plus

heureuse que vous ; si je me suis trompée quelquefois, pardonnez-moi, je n'étais qu'une créature humaine, sujette à l'erreur comme toutes les créatures humaines, et je l'ai bien expié; je n'ai pas demandé le repos ; j'étais prête à travailler encore pour les miens, pour ceux qui m'aimaient, pour ceux qui ne me connaissaient pas, pour ceux même qui croyaient devoir me combattre et me haïr, enfin, pour tous ceux qui souffrent, qui espèrent, qui cherchent, qui attendent.

» La nature veut que je m'arrête, rendez-moi à elle, doucement, simplement. Faites le moins de bruit possible autour de mon lit. Je n'ai pas plus demandé la mort que je n'ai souhaité la vie ; je les accepte toutes les deux comme des ordres du Dieu dont je viens et auquel je retourne. Mais, puisque la mort me visite tout à coup, qu'elle soit la bien reçue. Elle a quelque chose à me dire de plus grand que tout ce que j'ai entendu et que tout ce que j'ai dit. Laissez-nous ensemble, ne nous troublez pas, surtout avec le bruit qu'a fait mon nom.

» Rappelez-vous ce que je vous ai répété si souvent : Sur ce coin voilé pour nous d'un ciel toujours pur par lui-même, il y a un mot écrit de toute éternité, le mot de la création incessante et du renouvellement continu. Je ne sais dans quelle langue

il est tracé ; est-ce dans celle des métaphysiciens,
des prêtres, des poètes, des philosophes, des natu-
ralistes ? De quelque façon qu'on l'entende, il se traduira toujours par le mot : *Aimer*, et je vous ai bien
aimés. Adieu, au revoir, et ce qui vous reste de
moi, couvrez-le d'ombre, de fleurs et de silence. »

Voilà tout ce qu'il m'a semblé entendre pendant
cette longue nuit que je viens de passer sous le toit
de cette grande morte. Je savais que j'aurais à parler d'elle ce matin, devant vous, et j'invoquais d'a-
bord toutes les immortelles créations de cet esprit
si puissant et si varié : mais, après avoir répondu à
mon appel, elles s'éloignaient en souriant et en me
disant à leur tour : N'essaie pas de nous retenir ;
n'essaie pas de nous compter ; ne nous nomme
même pas. Nous somms toutes nées dans cette maison, nous sommes toutes filles de ce pays. Notre
mère nous a faites des parfums que tu respires, du
chant des oiseaux que tu entends, de la brise qui
court dans les feuilles des arbres, du rayon de soleil qu'elles abritent ; tout le monde ici nous connaît, tu n'as pas besoin de parler de nous ; nous
parlerons éternellement d'elle.

Alexandre DUMAS.

De l'Académie française.

A UNE PARENTE (¹)

Quand, le soir, ton enfant (²)
S'endort, et qu'un sourire
En s'y cristallisant
Sur ses lèvres expire,
Jalouse en la quittant,
On te surprend à dire :
— « La nuit, Dieu me la prend,
« N'est-ce pas un martyre ? »

Puis, avant son réveil,
Le matin, tu te poses,
Comme un rideau vermeil,
A son chevet : deux choses,
Ton amour, le soleil,
Font que des rayons roses
Eloignent le sommeil
De ses paupières closes.

Donc, être femme, ô Dieu !
C'est croire ; c'est sans brigue
Tout obtenir, au lieu
D'y viser par intrigue ;

(¹) Née Delille, maintenant Mme veuve Blerzy.
(²) Née Blerzy, maintenant marquise de Pracomtal

Marcher au beau milieu
Du chemin sans fatigue
Et ne plus dire adieu
Aux biens que Dieu prodigue.

Oui, mère, au lieu de toi,
Dont l'amour se déverse,
Renforcissant ta foi,
Comme ta main qui berce ;
Au lieu du tendre émoi
Qu'incessamment exerce,
Par une douce loi,
L'espoir qu'une dent perce,

Je vois Dieu seulement,
Par faveur infinie,
De là-haut te berçant ;
Dieu de ta grâce unie
Lui-même s'éprenant,
Et te faisant munie
De sa force, et t'aimant,
Et te laissant bénie.

LEFEUVE.

DERNIER CHAPITRE

DE

LUI ET ELLE

Vingt ans plus tard, par une triste soirée de novembre, Falconey, malade et alité, voyait passer devant ses yeux des images fantastiques créées par l'insomnie et la fièvre. Le médecin ne s'inquiétait point de ces visions et disait que le grand maestro ne pouvait ni se bien porter ni être malade comme tout le monde. Pour échapper à ces figures importunes, il fallait à Edouard de la compagnie. Pierre, qui lui faisait lecture du journal, rencontra par hasard le nom de William Caze.

— Voilà celle qui m'a empoisonné, dit Edouard. Je suis comme ces gens qui avaient dîné une fois chez les Borgia ou chez les Médicis, et ne s'en remettaient jamais.

— Avoue-le pourtant, répondit Pierre, le poison est lent, et, avec de la raison et du régime, il ne tiendrait qu'à toi de te guérir.

— Eh ! ne vois-tu pas, reprit Edouard, que ce poison-là ôte la raison et jusqu'au désir de vivre ? Morbleu ! que vient faire là le régime ? Tu es grand

comme père et mère, et tu ne me connais pas mieux
que cela ! Apprends donc que je ne puis pas vivre
sans aimer, et que l'amour n'entre pas dans mon
cœur sans que l'incrédulité, la jalousie et tout le
cortége des soupçons le viennent assiéger. Avec
cette injustice distributive qui distingue l'amour, je
m'en suis pris malgré moi aux meilleures et aux
plus douces du mal que m'avait fait le démon de
Naples. Si j'étais le seul que cette femme eût mis en
cet état, on pourrait me citer comme une excep-
tion, un cas rare ; mais regarde où en sont aujour-
d'hui ceux qu'elle a aimés. Tous ne sont-ils pas sor-
tis de ses mains plus ou moins meurtris, défigurés,
estropiés pour jamais ? On en ferait une procession
de fantômes. Il y en avait un qui se mourait d'une
maladie de poitrine. Celui-là paraissait devoir s'en
aller avant d'avoir reçu le coup funeste. C'eût été
vraiment dommage ! Elle s'empressa de lui ôter
l'illusion au dernier moment, afin qu'il mourût dé-
sespéré. Je lui pardonnerais de s'engouer aisément,
de se désabuser plus vite encore, d'oublier l'idole
de la veille ; mais renier ce qu'on a aimé, le dé-
truire, le martyriser moralement ! On devrait in-
venter pour les crimes de ce genre un châtiment public.

— N'exagérons point, dit Pierre ; examinons

choses en philosophes et avec impartialité. Il y a,
selon moi, des circonstances atténuantes.

— Ah ! s'écria Falconey, je suis curieux de voir
cela.

— Si l'on y regardait bien, reprit Pierre, on trouve-
rait peut-être dans les facultés et le talent du maestro l'excuse de la femme. William Caze, obligée par
son art à faire parler les passions, éprouve un ardent besoin de les connaître, d'en écouter le langage, de les voir de près, d'observer dans le cœur
des autres toutes celles qu'elle est incapable de sentir. De là cet appétit déréglé de complications, d'a-
ventures, de changements, d'amours interrompues,
reprises, abandonnées. Le calme et le bonheur, si
doux qu'ils soient, ne lui enseignent plus rien après
certain temps ; de là le désir de rompre, de passer
à autre chose. La femme aimerait encore volontiers ; mais le compositeur s'impatiente et dit :
« Assez d'amour ; nous savons cela par cœur. Occu-
pons-nous de jalousie, de désespoir, de tromperie,
d'infidélité. » C'est ainsi qu'elle trompe et devient
infidèle.

— A merveille ! s'écria Edouard. En sorte que l'objet aimé joue le rôle agréable de cette chauve-sou-
ris dont Spallanzani bouchait les yeux et les oreilles
avec de la cire à cacheter brûlante, pour voir si elle

saurait encore voler et se conduire ! Et quand j'ai
été sacrifié à ce petit médecin, qui, certes, pouvait
alors passer pour le premier venu, c'était une manière de faire des expériences *in animâ vili*, absolument comme M. Magendie, qui enlevait au bout
de son scalpel la moelle épinière d'un chien ?

— Peut-être bien, répondit Pierre.

— Mais, poursuivit Edouard, comment expliques-
tu cette espèce de fureur avec laquelle William dé-
chire la réputation de ceux qu'elle a aimés ; quand
tout est fini, à quoi lui sert de dire que l'un était un
fou, l'autre un imbécile, celui-ci un enragé, celui-là
un homme sans délicatesse ?

— C'est peut-être, répondit Pierre, que la femme
a trop d'orgueil pour se contenter des circonstances atténuantes qui plaident en faveur de l'artiste.
Elle ne veut convenir d'aucune faiblesse, d'aucune
erreur, et prétend se justifier sur tous les points.
Or, pour qu'elle ait raison, il faut bien que les autres aient tort ? Donc, ce sont des misérables.

— Du moins, reprit Edouard, je dois lui rendre
cette justice : jamais je n'ai ouï dire qu'elle eût mal
parlé de moi.

— Je le crois bien : elle n'en parle pas du tout ;
mais peut-être ne perdras-tu rien pour avoir attendu.

— Quel reproche pourrait-elle donc me faire ?

— Je ne sais , mais si elle rompt le silence, sans aucun doute ce sera pour te déchirer comme les autres. Elle ne manquera pas de te donner à vingt ans les idées et le caractère d'un homme de quarante : elle puisera dans ton âge viril de quoi composer un portrait fort peu aimable d'amoureux adolescent. Parce qu'elle t'a rendu ombrageux, elle dira que tu l'étais avant de la connaître. C'est elle qui t'a ravi la confiance et la foi du cœur, et elle dira que ton cœur était défloré. Parce que, dans tes moments d'horreur et de souffrance, tu as parfois appliqué des narcotiques sur ta plaie, elle dira que tu étais déjà blessé et que tu aimais les narcotiques. Ces mensonges par anachronisme volontaire sont les plus perfides, les plus difficiles à démasquer.

— Mais je suis perdu ! s'écria Edouard dont l'imagination n'était que trop disposée à se créer des monstres. Je suis perdu. Je mourrai avant elle, et je serai calomnié.

— Non, reprit Pierre. La justice et la vérité ne demandent qu'à se produire au grand jour. Il suffit de les y aider un peu. Préparons ta défense.

Falconey fit apporter sur son lit de vieux tiroirs où il n'avait pas fouillé depuis bien des années.

Dans un de ces tiroirs, il trouva plusieurs lettres de William Caze.

— Que signifie cela? dit-il; je croyais avoir rendu toute cette correspondance.

— Oh! s'écria Pierre, voilà qui est providentiel. Pareille fortune n'arriverait jamais à un homme rangé. Combien tu dois te réjouir de n'avoir jamais su le compte de ton argent ni de tes mouchoirs !

A ces précieuses lettres, dans lesquelles William Caze confessait toutes ses fautes, Falconey ajouta deux pages de notes écrites à Naples avant et après sa maladie. Pierre ne douta pas qu'un jour ces deux autographes ne dussent avoir une grande importance biographique; Edouard lui dicta ensuite la relation qu'on a lue plus haut. De tout cela on fit un dossier. Pierre mit ces documents sous son bras, et, voyant son ami tranquille et rassuré, il lui souhaita le bonsoir.

— Un mot encore, dit Falconey. Je ne ressemble pas à cette femme. Je ne veux pas renier ce que j'ai aimé, sans en avoir un grave sujet; n'oublie pas qu'il s'agit seulement de me défendre. Peut-être aura-t-elle les mêmes scrupules, la même religion que moi !

— Espérons-le, répondit Pierre.

— Ne te sers donc de tout cela que s'il le faut absolument et à la dernière extrémité.

— A la dernière extrémité, répéta Pierre.

— Mais, si elle avait l'audace de mentir à Dieu et aux hommes jusqu'à dire que j'ai été un ingrat, un fou et un méchant, quand c'est elle qui m'a trahi, enlevé la raison et empoisonné le cœur, arrive alors, comme la statue du Commandeur au souper de don Juan.

— J'arriverai !

— Marche sur le mensonge et écrase-le.

— Je marcherai dessus et je l'écraserai.

— Le mandat que je te donne est facile ; pour le remplir, il suffit de m'aimer et d'être honnête homme.

Pierre étendit son bras sur le lit du malade et répondit :

— Je le remplirai ; je te le jure !

J'ai entendu dire que Pierre avait tenu parole.

Paul de Musset.

LE RHONE

Le Rhône est si profond, si rapide et si large,
Que dans la grande Europe il n'a pas son pareil,
Emportant des bateaux sans nombre avec leur charge,
Il va roulant de l'or et roulant du soleil.

Fleuve superbe ! il court, et se jouant des lieues
Il atteint, lui qui sort des Alpes au cœur pur,
La Méditerranée aux grandes ondes bleues,
Et, né dans la blancheur il finit dans l'azur.

Un lac veut l'arrêter au sortir de sa source ;
Il le divise, il passe, et le frère du Rhin,
Trouvant alors des rocs en travers de sa course,
Sous l'obstacle étonné creuse un lit souterrain.

Reparais, reparais, tu n'auras plus d'obstacle.
Le grand peuple de France attend tes vastes eaux,
O fleuve ! donne-lui le merveilleux spectacle
Des prés féconds et verts sillonnés de ruisseaux.

La Suisse sans regret à la France te donne.
Ta voix endort leurs fils au berceau, vieux géant,
Le sang ne te plaît pas, à toi ! Ta force est bonne,
O fleuve, et comme un dieu tu passes en créant.

Tu fais germer des bourgs, croître des capitales :
Voici Lyon, Valence et la brune Avignon
Dont les filles gaîment, sur tes rives natales,
Peuvent mêler le pampre aux nœuds de leur chignon.

Car, pour mieux nous porter la joie et l'espérance,
Tu fais verdir les ceps sur les coteaux penchants,
Tu donnes de ta force à nos bons vins de France,
Et tu fais naître ainsi des amours et des chants.

Et tu passes, heurtant l'arche du pont qui bouge,
Et l'on a peur de toi, tant furieux et prompt;
Aveuglément, comme un taureau qui voit du rouge,
Sur les digues des quais tu vas donnant du front.

Mais, ô toi le plus fort des fleuves de l'Europe,
Pourquoi donc laisses-tu défaillir ta vigueur,
Lorsque près d'Avignon le mistral qui galope
Te jette en s'enfuyant le défi d'un vainqueur ?

Sans pouvoir t'indigner le mistral te devance..
Ah! tu voudrais marcher toujours plus lentement!
Et même, pour mieux voir le ciel de la Provence,
Tu voudrais un seul jour n'être qu'un lac dormant.

Car voici par essaims les belles filles d'Arles,
Leurs cheveux couronnés du large velours noir,
Le cœur pris au langage amoureux que tu parles,
Qui sur tes bords charmants viennent rêver le soir.

Tu reflètes le ciel et leurs yeux, leur visage;
Et leur sein rebondi comme un doux raisin mûr,
Et le mirage vert du riant paysage
Frissonne renversé dans tes reflets d'azur.

Mais tu n'es pas un lac, tu t'appelles le Rhône!
Prouve donc, si tu peux, tes puissances d'amours ;
Assez d'alluvions roulent dans ton eau jaune
Pour te faire un obstacle et prolonger ton cours.

Arrange-toi! — C'est fait! Le Rhône a fait une île.
Il l'étreint à deux bras, la pousse au gouffre amer :
C'est la Camargue. Elle est immense, elle est fertile,
Et toujours grandissante, elle éloigne la mer.

C'est bien, fleuve! l'effort est digne de ta gloire.
Le but fût-il manqué, l'effort resterait beau ;
Mais l'heure est retardée où la mer doit te boire.
Qui d'entre nous fera reculer ton tombeau ?

Et maintenant là-bas jusqu'aux grèves marines,
Les chevaux en Camargue ardents, libres de mors,
Sauvages, secouant à grand bruit leurs narines,
Hésitent, effrayés, à boire sur tes bords.

Et t'écoutant de loin, du fond des marais mornes,
Les noirs taureaux, tes fils, des feux sanglants dans l'œil,
Droits parmi les joncs verts moins aigus que leurs cornes,
Reconnaissant leur père, en mugissent d'orgueil.

                              Jean AICARD.

DANTE

Discours d'ouverture du cours de littérature étrangère prononcé à la Faculté des lettres le 5 décembre 1864

(Extrait)

. . . .

Vous vous rappelez, messieurs, ces descriptions toutes imaginaires, et cependant si nettes, si énergiques, qu'un jeune artiste de nos jours a pu les traduire par le crayon mieux que la plume ne les traduira jamais. Vous entendez la tempête souffler sur les âmes des voluptueux, et, sans se ralentir un instant, les emporter, comme une troupe d'étourneaux, dans un tourbillon inexorable et éternel. Vous voyez les gourmands frissonner sous la pluie qui leur fouette le visage, pendant que Cerbère les poursuit de son triple aboiement ; les prodigues, les avares marcher les uns au devant des autres en portant des fardeaux, s'entre-choquer, reculer sous la violence du choc et retourner à la charge pour se rencontrer encore et subir encore une nouvelle douleur; les hérésiarques, cernés par les flammes, brûler dans leurs tombeaux ; les violents, nager dans une mer de sang, poursuivis par les flèches des centaures ; les flatteurs, les courtisans, se débattre au mi-

lieu des immondices qui montent jusqu'à leurs bouches serviles ; les simoniaques, agiter leurs pieds
flamboyants hors des trous où plonge dans la nuit
le reste de leurs corps ; les faux prophètes, la tête
retournée sur leurs épaules, regarder éternellement
en arrière pour expier le tort d'avoir trop regardé
en avant ; les hypocrites, se traîner sous le poids
des chapes de plomb doré qui les écrasent ; les schis-
matiques, les fauteurs de scandale, montrer leurs
corps ouverts, depuis le menton jusqu'au ventre,
par l'épée d'un démon ; enfin les traîtres, enfoncés
jusqu'aux yeux dans la glace, claquant des dents,
verser des larmes qui gèlent sur le bord de leurs
paupières ensanglantées.

Puis tout à coup la scène change. A la ténébreuse
horreur, à l'*air mort* de l'enfer, succède un air pur
et lumineux ; aux teintes sombres, aux spectacles
lugubres, la douce couleur du saphir oriental. Ce
ne sont plus des démons aux formes hideuses qui
traversent l'espace, mais des messagers divins, au
visage rayonnant, au doux sourire, aux ailes blanches, montés sur des barques qui laissent à peine
derrière elles un sillon d'azur. Ce ne sont plus les
gémissements ni les imprécations des damnés qu'on
entend, mais des voix harmonieuses qui chantent
avec amour le psaume *de la délivrance.* Le purgatoire

s'ouvre, et s'il y reste encore des traces de douleur, si, quand on a franchi l'escalier de marbre qui y conduit par des degrés resplendisssants, on y découvre encore des malheureux couchés sous des fardeaux ou couverts d'un cilice, ou enveloppés de fumée, ou condamnés à courir sans trève, ou étendus la face contre terre, ou exténués de faim, ou brûlant dans les flammes, du moins l'espérance jette-t-elle un reflet de bonheur sur leurs fronts humiliés, en entr'ouvrant pour eux les splendeurs prochaines de la félicité éternelle.

Mais c'est surtout pour peindre ce dernier séjour que Dante a réservé tout l'effort de son génie. Au sortir du paradis terrestre qui couronne la montagne du Purgatoire, après avoir respiré le parfum d'une brise odoriférante, après avoir entendu les oiseaux chanter sous les feuilles et les ruisseaux courir sur les fleurs, le mystique voyageur se trouve transporté en face du soleil dont la flamme embrase l'horizon et lance des étincelles, comme le fer qui sort bouillant de la fournaise. La lumière et l'harmonie s'unissent dans un merveilleux accord pour enchanter ses sens et pour remplir son âme d'une ivresse idéale. Tantôt les bienheureux, brillants comme des rubis entourés de rayons d'or, forment autour de sa tête une première, puis une seconde

couronne et accomplissent en cadence leur mouvement circulaire ; tantôt ils composent une croix sur
laquelle figure le corps de Jésus-Christ ; tantôt ils
ondulent en suivant le rhythme régulier de la musique céleste, et se divisent pour tracer sur le ciel des
lettres flamboyantes ; tantôt leur troupe lumineuse
se concentre pour représenter un aigle aux ailes
déployées ou s'éparpille pour figurer l'échelle mys-
térieuse du vieux Jacob. Enfin l'Empyrée se dévoile.
Un fleuve de lumière coule, avec des reflets fauves,
entre deux rives bordées de primevères ; des étincelles en sortent et tombent parmi les fleurs pour se
relever ensuite et se replonger dans le torrent. A
peine le poète s'est-il baissé vers cette eau sainte, à
peine y a-t-il mouillé le bord de ses paupières, que
de nouvelles clartés lui apparaissent, qu'il voit les
élus rayonner comme les feuilles d'une rose éblouis-
sante de blancheur et se suspendre autour du fleuve
de feu, comme un coteau chargé d'herbes et de
fleurs se regarde dans le lac où il mouille ses pieds.

Visions splendides, ravissements ineffables, effu-
sions d'amour, torrents de lumière et d'harmonie,
tout ici nous pénètre du sentiment de la béatitude
éternelle, comme en enfer tout nous pénètre du froid
de la mort et de la damnation. La même main qui a
décrit avec tant de force tant de scènes terribles,

composera ses peintures célestes des nuances les plus délicates et des plus douces couleurs. Le peintre des damnés ne trouvera plus sous son pinceau que de riantes images. Lui qui a fait pleurer et crier la nature humaine, qui l'a livrée saignante aux plus cruels supplices, il pansera ses blessures en la berçant d'un rêve de volupté infinie et d'immortelle félicité.

Dans cette fécondité si riche et si souple, vous reconnaîtrez, messieurs, ce qui est la marque la plus haute du génie poétique : la faculté de se représenter à soi-même, sous les formes les plus vives, les objets les plus opposés, de faire sortir des choses horribles une poésie forte, et des scènes nobles une poésie tranquille, mais surtout le don de se mouvoir en nous traînant à sa suite, hors de toute réalité, à travers un monde surnaturel, peuplé d'êtres que l'œil n'a jamais vus, de tableaux qui n'ont point eu de modèles terrestres et de conceptions dont la nouveauté grandiose nous arrache à nous-mêmes. Dante ne serait ni un savant, ni un politique, ni un théologien, qu'il nous troublerait encore jusqu'au plus profond de notre être, par ses seules qualités poétiques, par ce qu'il y a de hardi dans son imagination et de pénétrant dans sa sensibilité.

Aucun homme assurément n'a été plus que lui tou-

ché de son œuvre ; aucun n'a écrit sous le coup d'é-
motions plus sincères et n'a suivi, avec plus de sol-
licitude, avec plus de larmes peut-être, le développement de sa pensée. Il ne prenait pas la plume,
par pur amour de l'art, uniquement pour le plaisir
de satisfaire ses instincts poétiques. Accablé des
malheurs de sa patrie, épouvanté des symptômes
de décadence qui se révélaient au sein de la société
chrétienne, il jette le cri d'alarme ; il montre l'écueil
caché, et s'il traite si durement l'humanité, s'il l'hu-
milie sous le poids de ses fautes, s'il la force à contempler ses crimes dans le miroir implacable qu'il
lui présente, ce n'est point pour la joie stérile de la
convaincre de son néant, mais par un profond
sentiment de pitié, avec le désir de la réveiller, de
la régénérer par la pénitence et de la conduire enfin vers ce port de la béatitude éternelle, dont il lui
décrit, avec tant de magnificence, la beauté sereine
et l'incomparable splendeur. Ces êtres imparfaits,
qui lui inspirent quelquefois de si violents accès
d'indignation, auxquels il reproche leurs erreurs
avec une véhémence si passionnée, il les aime pourtant en même temps qu'il les juge : il voudrait les
sauver, il leur indique la voie du salut, il ne les ac-
cable que pour les convertir ; et, faisant, le premier,
passer dans la poésie la grande pensée du christia-

nisme, l'idée de la solidarité des hommes entre eux, il choisit pour héros, non pas comme les poètes anciens, un chef ou une nation, mais la race humaine tout entière, dont il résume en sa personne les amères douleurs et les saintes espérances. Aussi ne peut-on employer une expression trop large pour caractériser, dans toute sa grandeur, la *Divine Comédie*. On ne dit point assez quand on l'appelle l'épopée nationale de l'Italie. Elle mérite d'être appelée l'épopée des peuples chrétiens, et, tant que les peuples chrétiens mèneront le monde, elle restera le poème religieux de l'humanité.

MÉZIÈRES,

de l'Académie Française.

A Léonie G....

Dissipant les brumes profondes,
Le soleil monte radieux,
Et le concert lointain des mondes
Fait frissonner l'azur des cieux.

Des ombres le règne s'achève
A l'aspect éclatant du jour ;
La nature sort d'un beau rêve,
Ivre de bonheur et d'amour.

Salut ! ô Dieu de la lumière !
Poursuis ton glorieux essor !
Et sur les fils de la poussière
Laisse traîner ta robe d'or !

Oh ! quelle splendeur infinie !
Arbres, oiseaux, gazons et fleurs
S'unissent dans une harmonie
De sons, de formes, de couleurs.

En ces matinales délices,
Une poudre de diamant
Etincelle, aux bords des calices,
De tous les feux du firmament.

Eblouissement et murmure !
La fleur se dilate au soleil ;
L'insecte étale sa parure :
C'est le printemps, c'est le réveil !

Tout sourit, s'émeut, s'abandonne :
Parmi les roses des buissons,
Près de l'abeille qui bourdonne,
Le passereau dit ses chansons.

Déjà, — la chaleur est si douce ! —
Tu le vois, il songe à bâtir
Son nid de duvet et de mousse
Que les feuilles vont revêtir.

Le vent qui vient de la colline
Se mêle à ton souffle amoureux ;
Des parfums pris à l'aubépine
Il embaume tes blonds cheveux.

Suivons ce sentier solitaire,
A peine assez caché pour moi.
Mon âme a besoin de mystère,
Et je vivrais seul avec toi !

Par quel bonheur ou par quel charme,
Oiseaux qui craignez les humains,
N'éprouvez-vous aucune alarme ?
Restez-vous si près de nos mains ?

— « Le printemps nous remplit d'ivresse,
» Et dans vos cœurs nous avons lu :
» Ne sont-ils pas pleins de tendresse ? »
Petits oiseaux, Dieu l'a voulu !

Ici, cette onde fugitive
Caresse ses bords verdoyants;
Là, se penche la fleur captive,
Au gré d'une autre fleur des champs.

Du passage de l'hiver sombre
Rien n'a gardé le souvenir;
Oublions, au sortir de l'ombre,
Que l'ombre, hélas ! doit revenir...

Mais voici le soir, tout se voile:
Tout s'endort mollement sans bruit;
L'étoile vient après l'étoile
Parsemer l'azur de la nuit.

La lune, immobile et sereine,
Doux reflet de l'astre effacé,
Répand sa lumière, incertaine
Comme un souvenir du passé.

Elle blanchit ton beau visage,
Pur ivoire enveloppé d'or;
Je ne puis t'aimer davantage,
Mais tu parais plus belle encor !

C'est ici que de ta ceinture,
Tremblant, je déliai les nœuds,
Et qu'en ondes ta chevelure
Noya mon front voluptueux ;

Que la gaze de ta tunique,
Malgré le secours de ta main,
De ta voix émue et pudique,
Défendit si mal ton beau sein.

Cher réduit que notre œil contemple,
Bientôt nous ne te verrons plus,
Prêtres à jamais hors du temple!
Souviens-toi, tu nous auras vus!

Conserve l'amoureuse empreinte
De nos pas sur tes gazons verts;
Le mot qui charma cette enceinte,
Ne le dis qu'aux oiseaux des airs.

Théodore BERRIER.

TROIS CHAPITRES

DU

MARI DU MARGUERITE

I

UNE ASSEMBLÉE DE CRÉANCIERS

« *Si ta femme te trompe, tue-la!* » — Tel est le conseil offert aux maris de notre temps par mon cher et illustre ami Dumas fils, dans une petite brochure qui fut un gros événement.

Cette solution éminemment pratique, mais un peu radicale, ne pouvait être du goût de tout le monde. — Un très-célèbre publiciste a riposté d'abord, puis des myriades de brochures ont surgi brusquement autour de l'*Homme-Femme*, espérant recueillir quelques miettes de son succès.

Je n'ai point le désir de traiter à mon tour la question controversée.—Je veux démontrer tout simplement, non par des théories, mais par des faits, que le droit donné au mari par l'article 524 du code pénal est un droit dangereux, terrible, exorbitant, et que les législateurs de l'avenir devront modifier cet article, sinon l'effacer tout à fait, s'ils ne veulent exposer la justice humaine à déclarer parfois excessifs le guet-apens et l'assassinat.

Il existe dans la rue de Boulogne un charmant petit hôtel bâti entre cour et jardin.

Une grille coquette laisse voir la façade de style Renaissance, le perron à double rampe par lequel on accède à l'entrée principale, et les deux pavillons élégants, situés à droite et à gauche de la cour et renfermant les écuries, les remises et les logements des domestiques.

Les hautes cimes des tilleuls et des marronniers du jardin apparaissent au-dessus du toit d'ardoise à crête de plomb, comme des panaches verdoyants sur un casque de chevalier.

Cet hôtel, qui peut valoir trois cent cinquante ou quatre cent mille francs malgré ses proportions restreintes, est un véritable bijou. — De vieilles faïences italiennes d'Urbino et de Faënza, encadrées dans les sculptures d'un goût exquis, formant le couronnement des fenêtres, donnent à son ensemble une saveur artistique et pittoresque, réjouissante à

l'œil. Il est impossible de passer devant ce logis
sans le remarquer, — il est difficile de l'oublier
quand on l'a vu, ne fût-ce qu'une fois.

Un jour du mois d'août 1867, — vers les neuf heures du matin, — plusieurs voitures de place ou de
remise, un grand breack et un coupé de maître s'ar-
rêtèrent successivement en face de la grille.

Les propriétaires et les locataires de ces voitures
étaient des hommes d'apparence et d'âge différents,
les uns vêtus avec une certaine recherche, les autres
remarquables par un sans-façon de toilette d'un
goût au moins contestable, mais ils se ressemblaient
tous par l'expression de mauvaise humeur peinte
sur leurs visages.

A mesure qu'un de ces visiteurs mettait pied à
terre et faisait mine de sonner, un domestique lui
ouvrait la petite porte placée à côté de la grille, lui
faisait traverser la cour, gravir les degrés du perron, et l'introduisait au rez-de-chaussée dans un
joli fumoir tendu de cuir de Russie, meublé de larges divans, et communiquant d'un côté avec le ves-
tibule, de l'autre avec un salon de réception.

Puis le domestique se retirait après avoir dit :

— M. le comte prie monsieur de vouloir bien attendre un instant... — Voilà des cigares et des journaux...

En effet, des boîtes de toutes les formes, pleines de *cabanas*, de *cazadores*, de *portagos*, de *conchas*, d'*impériales*, etc., offraient aux amateurs les meilleurs produits de la Havane, et, sur une table placée au milieu de la pièce, le *Figaro*, le *Gaulois*, *Paris-Journal* et diverses feuilles illustrées attendaient qu'une main curieuse déchirât leurs bandes vierges, qui portaient le nom du maître du logis, le comte Paul de Nancey.

Le premier arrivant ne toucha ni aux cigares, ni aux journaux. — Il s'assit dans un coin, avec un redoublement de maussaderie, en grommelant à demi-voix :

— Va-t-il me faire poser, maintenant ? — Il ne manquerait plus que ça ! — C'est moi qui la trouverais mauvaise !...

Le second et le troisième visiteur ne connaissaient pas le premier et ne se connaissaient pas entre eux. — Ils se contentèrent, en conséquence, d'échanger un salut des plus sommaires, mais le quatrième fit un geste de surprise en entrant, s'avança vers ceux qui l'avaient précédé, et, leur donnant de chaleureuses poignées de mains, s'écria :

— Comment ! comment ! Palladieux, Laurent, Chaudet, mes bons amis, vous ici, ce matin !

— Comme vous voyez, cher monsieur Lebel-Girard.

3

— Est-ce que vous êtes convoqués ?

— Par écrit — répondirent les trois visiteurs en tirant de leurs poches trois enveloppes satinées exactement pareilles.

L'un d'eux déploya le contenu de la sienne, et lut à haute voix :

« *Le comte de Nancey fait ses compliments à M. Chaudet, et le prie de vouloir bien passer à l'hôtel jeudi prochain, 4 août, à neuf heures du matin, pour y recevoir une communication importante.*

Ma lettre chante la même chanson, — dit Palladieux.

— La mienne aussi, dans les mêmes termes... Il n'y a que le nom de changé, — ajouta Laurent.

— Une circulaire, alors ! — reprit Lebel-Girard.

— Dans ce cas, c'est une assemblée de créanciers.

— Evidemment ! — répondirent les trois voix.

— S'il en est ainsi, nous ferons bien, je crois, de nous armer de patience... — Il faudra pas mal de temps, j'en ai peur, avant que la réunion soit au grand complet... — La liste des créanciers doit être furieusement longue !

Un triple soupir répondit avec une muette éloquence.

— Si encore M. le comte nous dérangeait pour nous donner quelque chose !... — un à-compte un

peu rondelet, — reprit l'orateur; mais la circulaire
ne nous fait' rien espérer de pareil... — Le mot
recevoir s'y trouve, c'est vrai, mais remarquez qu'il
s'agit purement et simplement d'une *communica-*
tion, ce qui est maigre...

— Hélas ! — murmurèrent les trois voix.

— Enfin, — poursuivit Lebel-Girard, — nous
saurons tout-à-l'heure à quoi nous en tenir... — En
attendant, croyez-moi, fumons pour nous distraire... — Voilà des boîtes qui n'ont pas mauvaise
mine... — Diable ! des cigares de soixante-quinze
centimes et d'un franc !... — Ah ! monsieur le comte
se la passe douce ! — Rien n'est trop bon pour
lui, ni trop cher ! — Il est vrai que c'est nous qui
payons tout cela, puisqu'il le paye avec l'argent
qu'il nous doit ! — Donc, ne nous gênons pas... —
Faisons comme chez nous, messieurs, et grillons
sans scrupules nos *partagas* et nos *imperiales !* —
Ce sera toujours autant de pris sur l'ennemi... Nous
nous offrirons un à-compte en fumée !

Ce petit discours eut du succès. — Les boîtes furent mises au pillage. — On se prêta du feu.

Les cigares commençaient à répandre leur blanche vapeur et leur parfum exquis quand la porte
du fumoir s'ouvrit plusieurs fois, coup sur coup, et
cinq nouveaux visiteurs furent introduits, suivis

bientôt par un sixième, arrivé dans un grand breack qu'il conduisait lui-même, et vêtu avec une élé-gance excentrique d'assez mauvais goût.

Les dix personnes qui se trouvèrent alors réu-nies dans le fumoir du petit hôtel, étaient le tapis-sier, le carrossier, le marchand de chevaux, le sel-lier, le bijoutier, le tailleur, le chemisier, le bottier, le parfumeur du comte Paul de Nancey, et en outre, un de ces escompteurs interlopes qui négocient, Dieu sait à quel taux, *le papier* des fils de famille et des gens du monde ayant du bien au soleil.

Cette petite réunion devint, au bout de quelques minutes, excessivement bruyante. — Tout le monde parlait à la fois. — Messieurs les créanciers s'ai-guisaient les uns les autres. — On entendait se croiser et s'entre-choquer les phrases suivantes :

— Oui... oui... M. le comte me doit énormément !

— Pas tant qu'à moi, je le parierais. — Je suis, moi qui vous parle, créancier d'une somme énor-me !

— Que voulez-vous ? j'avais en lui une confiance illimitée...

— C'est assez naturel. — Il a payé longtemps. — C'était un de mes bons clients.

— Eh ! mon cher, c'est toujours comme cela qu'on commence. — On paie d'abord. — Ensuite on exploite son crédit, et l'on arrive ainsi tout droit au fossé du déficit. — Il y a plus d'un an que je prévois la culbute finale de M. de Nancey !

— Il allait trop vite aussi !

— Il fallait arrêter les frais puisque vous aviez le nez si fin.

— Oui parbleu, il l'aurait fallu ! — Mais comment s'y prendre ? — J'étais enfilé. — On ne s'arrête pas quand on veut !

— Ah ! c'est la confiance qui nous perd. — Sans ça le métier irait trop bien...

— Vous dites là une grande vérité. — Il faudrait se défier de tout le monde.

— Oui, mais alors on ne ferait plus d'affaires.

— Au moins on ne perdrait pas.

— Sans doute, mais on ne gagnerait rien.

— Que nous veut M. de Nancey ?

— Il va nous proposer quelque arrangement.

— J'en ai peur.

— Soixante-quinze pour cent, peut-être.

— Ou cinquante.

— Ou vingt-cinq.

— Moi, d'abord, je n'accorde rien.

— Ah ! bah !

— Je n'accepterai pas une réduction de cinquante centimes sur mon mémoire, qui est de quarante-huit mille cent francs. On me doit. Je veux mon dû.

— C'est bien naturel. Cependant si le comte demande du temps ?

— Je refuse.

— Nous refusons tous. A moins qu'il ne nous donne des garanties sérieuses.

— Oui. Mais s'il ne nous les donne pas ?

— Nous le poursuivrons à boulets rouges.

— On ne peut pas le mettre en faillite, il n'est pas commerçant.

— On peut l'exproprier. Il possède cet hôtel et des domaines en Normandie, avec un petit château. Ça vaut de l'argent tout ça !

— Sans compter le mobilier qu'on fera vendre, les chevaux, les voitures, les harnais, etc...

— Le mobilier ! Jamais de la vie ! s'écria le tapissier. On n'y touchera pas ! Je défends qu'on y touche ! Il m'est dû le mobilier, je le reprendrai... Ah ! mais !

— J'en ferai autant, moi, pour les chevaux qui ne sont pas payés.

— Moi, pour les harnais.

— Moi, pour les voitures.

Un *tolle* général accueillit la quadruple et égoïste réclamation du tapissier, du marchand de chevaux, du carrossier et du sellier.

Leurs collègues n'admettaient en aucune façon cette prétention audacieuse de détourner, au profit de quelques-uns, des *valeurs* de l'*actif*, qu'on devait considérer comme le gage et la propriété de tous, et ils le proclamaient à grand bruit, quand une porte s'ouvrit, et un valet de chambre correctement vêtu de noir, ressemblant beaucoup plus à un gentleman qu'à un domestique, jeta ces quelques mots au milieu de l'assemblée tumultueuse dont les divers membres allaient sans doute se prendre aux cheveux :

— Messieurs, monsieur le comte !

Le silence s'établit comme par enchantement, et si vive que fût l'irritation intérieure de nos personnages, telle est la force de l'habitude que leurs échines se courbèrent respectueusement et que leurs bouches crispées ébauchèrent ce sourire commercial, cliché sur les lèvres des fournisseurs en présence du client riche et prodigue qui ne discute point le chiffre d'un mémoire, si important qu'en soit le total.

Ce sourire appartient à la même famille que celui des danseuses. — Il est là pour la forme et ne signifie absolument rien.

M. de Nancey franchit le seuil du fumoir, non pas avec la mine embarrassée d'un débiteur affrontant la meute hargneuse de ses créanciers, mais avec la physionomie joyeuse d'un hôte bienveillant qui se trouve au milieu de ses meilleurs amis.

Le comte Paul de Nancey était en 1867 un jeune homme de vingt-huit ans environ, très-joli garçon, très-distingué, très-séduisant, — et le sachant peut-être un peu trop.

Grand, mince et blond, avec des yeux d'un brun foncé, des cheveux soyeux, ondés naturellement, un teint pâle, ou plutôt pâli par les fatigues de la vie à outrance, et de longues et fines moustaches aux pointes retroussées, il avait une tête de gentilhomme artiste et de gentilhomme soldat, quoique l'art et la guerre eussent toujours été les cadets de ses soucis.

Paul de Nancey portait un veston de velours noir d'une coupe idéale, un pantalon blanc, un gilet blanc, boutonné jusqu'au col rabattu de sa chemise, découvrant un cou d'une blancheur et d'une forme presque féminines.

Avec cette toilette d'intérieur, il avait si bonne grâce que le tailleur Laurent, l'un des plus hargneux créanciers, ne put contenir un mouvement de vanité, et regarda ses collègues d'un air qui signifiait clairement :

— Comme je l'habille ! — Quel malheur que des

habits si bien faits et portés avec tant de chic ne soient pas payés !

Le comte tenait sous son bras gauche un grand portefeuille de maroquin rouge gonflé de papiers, un vrai portefeuille-ministre.

En voyant cette physionomie vive et joyeuse, cette désinvolture et ce portefeuille si amplement bourré, les créanciers sentirent passer sur leur épiderme un frisson d'espérance.

Un homme au-dessous de ses affaires aurait une autre mine, — se dirent-ils. — Ce portefeuille doit contenir des liasses de billets de banque.—Monsieur le comte va solder nos mémoires, et, si nous ne recevons pas absolument tout, nous palperons du moins la plus forte partie.

Le sourire commercial se stéréotypa de plus en plus sur toutes les lèvres.

M. de Nancey salua de la main, d'une façon tellement gracieuse que les visages épanouis déjà se dilatèrent encore.

Le comte allait parler. — Les créanciers se disposèrent *à boire* ses paroles.

— Mes chers fournisseurs, — dit-il — permettez-moi d'abord de vous remercier comme je le dois ! — Vous vous êtes rendus à mon appel avec une charmante exactitude ! — Vous avez quitté sans hésita-

tion vos affaires, vos excellentes affaires, pour m'honorer de votre visite matinale ! — Vous m'en voyez
reconnaissant plus que je ne saurais le dire ! Je suis
heureux de cette réunion tout amicale ! Vous m'avez
donné mille preuves des bons sentiments qui vous
animent à mon égard et de la confiance que je vous
inspire. — Bref, vous êtes mes amis, mes vrais
amis, et je vous donne ma parole d'honneur que je
ne vous considère pas le moins du monde comme
mes créanciers ! — Ce mot de *créancier* a je ne sais
quoi de malsonnant qui blesse l'oreille et dont l'intimité s'effarouche. — Supprimons-le...

— Diable ! diable !... — se dirent *in petto* quelques-uns des auditeurs du comte de Nancey.

Cet exorde les inquiétait.

L'un d'eux, plus particulièrement frotté de littérature classique, songeait malgré lui à la scène immortelle de don Juan et de M. Dimanche, et son
front, un instant rasséréné, redevenait soucieux.

— Prenez place, mes amis, — continua Paul, —
en désignant du geste les divans placés autour du
fumoir, — nous avons à causer un peu longuement
et je ne doute pas que de cette causerie doive
résulter entre nous le plus parfait accord.

II

LE DÉBITEUR

Les créanciers s'installèrent.

M. de Nancey s'assit en face d'eux, de l'autre côté de la table d'ébène qui se trouvait au milieu de la pièce, et sur laquelle il avait, en entrant, déposé le portefeuille rouge.

Il pressa du bout du doigt le bouton d'argent qui mettait en jeu le ressort d'une mignonne serrure.— Un craquement se fit entendre et le portefeuille s'ouvrit, étalant son contenu à tous les regards.

Les créanciers attendaient avec un fort battement de cœur ce moment dramatique. Leurs yeux brillants, aux prunelles avides, ressemblaient à ceux d'un chat guettant l'innocente souris sur laquelle il va bondir.

Hélas ! — le portefeuille renfermait dans ses vastes flancs des factures en nombre infini, diverses liasses de papier timbré, mais pas le moindre billet de banque.

Cette absence complète de papier Garat *jeta un froid*, comme dit Giboyer. — Les illusions s'envolèrent, et les sourires suivirent les illusions.

Cependant il était de toute justice d'écouter ce que M. de Nancey avait à dire, et pas un murmure ne se fit entendre, bien que les nuages eussent reparu sur tous les fronts.

La physionomie de Paul restait rayonnante, quoiqu'il s'aperçût à merveille de ce qui se passait dans l'esprit de ses fournisseurs ; mais un observateur attentif aurait pu constater quelque chose de singulièrement moqueur dans l'expression de ses yeux et dans les lignes de sa bouche.

M. de Nancey était très-beau, — nous l'avons déjà dit, — mais si charmant que fût son visage, il n'exprimait habituellement ni la bonté ni la franchise. — Quand le jeune homme ne veillait pas sur lui-même — (ce qui, d'ailleurs, lui arrivait rarement en public) — son regard devenait faux et son sourire presque méchant.

Paul étala devant lui, longuement, minutieusement, les factures et les dossiers, les plaçant dans un ordre voulu, comme un orateur, à la tribune de la Chambre, dispose, avant de commencer son discours, les notes qui doivent le guider, et les pièces à l'appui qui lui fourniront, au besoin, des citations triomphantes, des chiffres sans réplique et des arguments victorieux.

Quand il eut achevé ce travail de classement,

il déploya une large feuille de papier couverte de noms et de chiffres ; — il ajusta sur son œil gauche un monocle de cristal de roche qu'il maintint en place par une savante contraction de l'arcade sourcilière, et il reprit la parole.

— Vous vous doutez bien, mes bons amis, — dit-il, — que si je me suis donné la joie de vous réunir ce matin chez moi, c'est afin que nous puissions causer, tout-à-fait en famille, de nos petites affaires d'intérêt. — Vous aviez deviné cela, n'est-ce pas ?

— Parbleu ! fit une voix déjà grincheuse.

Paul sourit et salua.

— J'en étais sûr, — reprit-il, — rien ne vous échappe ! — Oui, nous avons, et j'en suis heureux, des intérêts communs. — Quoique vous ne soyez point des créanciers pour moi, je n'en suis pas moins votre débiteur, et je voudrais l'être davantage encore. Je voudrais, aujourd'hui, vous devoir dix fois plus... Oui, parole d'honneur, je le voudrais...

Ici, quelques exclamations s'élevèrent, mais timides encore.

— Ah ! bah ! — dirent les uns, avec une ironie manifeste.

— Monsieur le comte nous doit bien assez ! — murmurèrent les autres.

— Pourquoi donc désirerait-il augmenter sa dette ?

— Vous le comprendrez dans un instant, mes excellents amis, — répliqua Paul de Nancey, avec son éternel *sourire* qui — (malgré lui sans doute) — devenait de plus en plus railleur.

Il promena pendant une ou deux secondes son monocle sur la vaste feuille de papier couverte de noms et de chiffres, puis il poursuivit :

— Pénétré d'un profond respect pour l'axiome immortel : *les bons comptes font les bons amis,* et désirant, mes chers fournisseurs, conserver vos précieuses sympathies, j'ai pris un soin particulier de mettre dans ma comptabilité un ordre irréprochable. — Je connais ma situation aussi bien, si ce n'est mieux, qu'un liquidateur juré ne connaît celle du failli qui veut bien l'honorer de sa confiance, et je crois utile, avant d'aller plus loin, de vous démontrer que nous sommes parfaitement d'accord au point de départ. — Nul doute que la conclusion de notre entretien, — c'est-à-dire le point d'arrivée, — n'affermisse encore une bonne harmonie si touchante et si rare.

Ce petit exorde, verbeux et singulièrement obscur, ne satisfit personne. — Les créanciers se demandaient où leur débiteur allait les conduire, et, ne pouvant se répondre, ils devenaient nerveux.

— Ici, — continua Paul, en appuyant le doigt indicateur de sa main gauche sur la feuille de papier étalée devant lui, — ici se trouve la liste de vos créances. — Nous allons, si vous le voulez bien, la parcourir ensemble. — Je n'ai point suivi l'ordre alphabétique, croyant devoir donner les premières places aux plus gros chiffres. — A tout seigneur tout honneur ! M. Gobert ouvre la marche...

Tous les regards se tournèrent vers le personnage désigné, que Paul saluait de la main et du sourire.

C'était un petit homme jeune encore, très-maigre, presque chauve, assez bien mis, mais sans prétentions, ayant la tournure et la tenue d'un sous-chef au ministère des finances. — Il aurait semblé tout-à-fait insignifiant sans l'expression bizarre de ses yeux gris et ronds, qui, très-rapprochés de son nez mince et recourbé en forme de bec, lui donnait une vague ressemblance avec certains oiseaux de proie.

Après avoir salué et souri, M. de Nancey reprit :

— Il y a deux ans environ, le lendemain d'un jour ou plutôt d'une nuit où la veine, au baccarat, m'avait été singulièrement hostile, M. Gobert, dont tout Paris connaît l'obligeance inépuisable, me prêta, sur mes billets à trois mois, une somme ronde de vingt-cinq mille francs...

— Pardon, pardon, monsieur le comte, interrompit Gobert, — ne confondons pas, s'il vous plaît...
— Je ne vous ai rien prêté du tout, moi. — La modicité de mes ressources ne me permet point — (et je le regrette) — de faire personnellement l'escompte...
— Il est vrai, je connais des capitalistes sérieux qui, me sachant honnête et convaincus que pour rien au monde je ne voudrais les abuser par des renseignements pris à la légère, opèrent la négociation de certaines valeurs non commerciales que je leur propose, et que je consens à endosser... comme garantie morale, bien entendu, car, je le répète, je suis sans fortune.

A merveille, cher monsieur Gobert, — répliqua Paul, — mais si je parle de vous, c'est que je ne connais que vous... — Ces capitalistes sérieux que vous évoquez aujourd'hui sont restés pour moi à l'état de mythe...

— Ils tiennent à ne point paraître dans ces sortes d'affaires.

— Pourquoi ?

— Ce sont ces gros bonnets, fort considérés à la Bourse, et désireux de garder l'anonyme quand ils obtiennent, par mon entremise, certains bénéfices un peu plus rémunératoires que l'intérêt légal...

— Oh ! si peu ! — interrompit le comte à son tour,

— c'est à peine si les vingt-cinq mille francs primitifs ont grossi depuis deux ans ! — Les renouvellements successifs, les primes, les commissions, les courtages, ne leur ont point servi à faire la boule de neige comme on le pourrait croire. — Ils ne représentent aujourd'hui que la somme modique de *quatre-vingt mille quatre cent quarante-cinq* francs. — Vous le voyez, messieurs, on n'est pas plus modeste !

En entendant le chiffre superbe énoncé par le comte, les créanciers attachèrent sur le petit escompteur chauve des regards où brillait le feu de l'admiration la plus sympathique.

— Ah ! le gaillard ! — se dirent-ils tout bas les uns aux autres. — En voilà un qui connaît son affaire !...

Gobert se leva vivement.

— J'ai cru découvrir une intention de raillerie dans les paroles de M. le comte, — fit-il d'une voix vipérine. — Si l'affaire ne lui convenait pas, rien ne l'obligeait à la conclure, ce me semble... — Aujourd'hui, pour la première fois, M. le comte paraît se plaindre... — Serait-ce parce que les prêteurs refusent de renouveler plus longtemps ?

— Vous m'avez mal compris, cher monsier Gobert, — s'écria Paul en riant. — J'ai voulu tout

4

simplement constater qu'ayant reçu vingt-cinq mille
francs, il y a deux ans, j'en devais aujourd'hui quatre-vingt mille quatre cent quarante-cinq... — Mais
j'en devrais le double ou le triple sans m'en préoc-
cuper autrement, et surtout sans formuler aucune
plainte... — Je n'ai pas le moindre sujet de me
plaindre... Vous en serez vous-même convaincu,
tout à l'heure.

Gobert baissa la tête sans répondre. — Cette
phrase obscure le rendait rêveur.

— Le second sur ma liste, — poursuivit M. de
Nancey après un silence, — est notre ami Lebel-
Girard, tapissier de génie, connu du monde entier,
et qui a élevé le capitonnage et le lambrequin à la
hauteur d'une institution ! — Les plus brillants hô-
tels de Paris sont enrichis de ses œuvres et s'en
vantent ! — Je suis son débiteur pour la somme de
soixante mille trois cent cinquante francs... —
C'est bien cela, n'est-ce pas, mon cher monsieur ?...

— Parfaitement, monsieur le comte ! — repartit
le tapissier. — C'est le chiffre exact de mon petit
mémoire, y compris les tentures et le mobilier de
la chambre à coucher de mademoiselle Cora-Saphir
et le boudoir de la dame de la rue de Bellechasse
— (que, par discrétion, je ne nommerai pas), —

boudoir dont M. le comte a pris les trois quarts à sa charge... — Le mari m'a payé le dernier quart sans se douter de rien, et félicite chaque jour sa femme qui trouve moyen de se donner tant de luxe à si bon marché...

Lebel-Girard se mit à rire. — Deux ou trois de ses collègues (mariés comme lui) l'imitèrent. — Il reprit son sang-froid et poursuivit :

— J'ai là, dans mon portefeuille, ma facture détaillée et acquittée à l'avance... — Je puis la produire...

Chacun des créanciers mit la main sur sa poche, et chaque poche contenait une facture prête à paraître...

Paul arrêta ce mouvement.

— Le moment n'est pas venu, dit-il, — laissez-moi continuer, je vous prie...

Et il continua en effet :

— M. Anderson, le bijoutier, ou plutôt l'artiste incomparable, le moderne Benvenuto Cellini, est mon créancier pour une somme de cinquante-trois mille deux cent vingt francs... — C'est, en vérité, bien peu de chose, si l'on songe aux splendides épaules, aux bras charmants, aux mains divines dont ses diamants, ses perles et ses rubis ont encore rehaussé la grâce ! — Je vous ai dû de bien

charmants sourires et de bien flatteurs succès, cher
monsieur Anderson ! — Croyez que je suis reconnaissant plus que je ne saurais le dire... — Si reconnaissant que j'ai la conscience de ne jamais
pouvoir m'acquitter envers vous...

L'ambiguïté était manifeste. — Le comte parlait-
il de la dette de reconnaissance ou de la dette d'argent, quand il se déclarait insolvable? Dans le
doute, le bijoutier fit la grimace.

— Ce que je viens dire à votre ami Anderson, —
reprit Paul, — je puis vous l'appliquer aussi, cher
monsieur Palladieux, vous, le carrossier par excellence, vous dont les moindres œuvres réunissent,
dans des proportions inconnues jusqu'à ce jour,
la distinction et l'élégance, et dépassent de
cent coudées les plus irréprochables produits de
l'industrie anglaise, qui nous regardait jadis dédai-
gneusement comme ses tributaires ! — Je vous ai
dû la joie de voir Marguerite d'Isigny étaler sur la
rive gauche du lac ses plus ébouriffantes toilettes
dans un *huit-ressorts* digne d'elle ! — Nini Mouchette conduire d'une main fine et ferme ses petits
poneys noirs attelés au plus épatant de tous les
ducs ! — Berthe Lambert, gracieusement renversée
sur les coussins bleus d'une *victoria*, aussi légère
qu'elle-même !... — Je vous ai dû la meilleure par-

tie du chic et du succès de ces folles enfants...

— Et M. le comte me doit aussi leurs voitures, murmura le carrossier, — quarante-huit mille cent francs environ...

— J'allais le dire, — répliqua Paul. — Je ne suis pas homme, vous le savez bien, à marchander un talent comme le vôtre ! — Les choses hors ligne ne sont jamais trop chères ! — Je connais si parfaitement la valeur des véhicules exquis échappés de vos mains, que je les déclare impayables...

Les créanciers se regardèrent.

Décidément, le comte avait des mots étranges. — Une inquiétude vague grandissait, et pourtant comment admettre que M. de Nancey se donnât l'imprudent plaisir de faire naître un orage dans lequel il se serait brisé ?

— A vous, maintenant, cher monsieur David Meyer, — reprit Paul, — à vous, honneur des Champs-Elysées, le juste tribut de mes éloges ! — Les grands carrossiers trois quarts de sang de Marguerite Isigny, déjà nommée, les poneys noirs de Nini Mouchette, les steppers irlandais de Berthe Lambert classent au premier rang l'écurie qui les a formés... et personne n'ignore qu'ils sortent de la vôtre...

— Ah ! — se dit à lui-même David Meyer, — si je pouvais les y voir rentrer !...

, — Quarante mille francs ces trois attelages, — continua M. de Nancey, — c'est pour rien ! — Je le répète sur tous les tons, je chante vos louanges à tout propos, et si la *Réclame* qui se parle au club et dans les salons (et qui est la bonne !) se payait comme celle qui s'imprime dans les journàux, vous seriez assurément mon débiteur aujourd'hui , et pour de fort grosses sommes ! — Soyez sans inquiétude, d'ailleurs, — ajouta le jeune homme en riant, j'ai fait cela par sympathie et je ne vous demande rien...

— C'est fort heureux ! pensa le marchand de chevaux.

Les plus importants fournisseurs ayant été passés en revue, les créanciers moindres eurent leur tour. M. de Nancey constata qu'il devait cinq mille francs à son sellier, huit mille six cents à son tailleur, quatre mille quatre-vingt-dix à son chemisier, trois mille cent quinze à son bottier, deux mille cent vingt-cinq à son parfumeur.

— Ces petits mémoires, — dit-il, en replaçant sur la table d'ébène la grande feuille de papier, — forment, sauf erreur ou omission, un total de trois cent cinq mille soixante francs... — Une bagatelle, comme vous voyez...

— Trois cent cinq mille soixante francs, une

bagatelle ! — répéta le tapissier Lebel-Gérard.

— Mon Dieu, oui...

— Eh bien, nous sommes heureux d'apprendre qu'une pareille somme est sans importance pour M. le comte, mais je crois exprimer la pensée de tous mes collègues en affirmant qu'aucun de nous ne regarde comme une bagatelle la fraction de ce gros total, quelle qu'elle soit, qui doit lui revenir...

— Il a raison ! s'écrièrent les fournisseurs avec un ensemble parfait.

Encouragé par cette adhésion, et convaincu d'ailleurs qu'il parlait agréablement, Lebel-Girard continua :

— Nous avons été touchés des bonnes paroles de monsieur le comte, et, reconnaissants de ses éloges, d'autant plus précieux pour nous qu'ils émanent d'un fin connaisseur, d'un appréciateur distingué des choses confortables et bien établies... — Nous avons fait tous nos efforts dans le passé pour satisfaire notre honorable client... Nous avons l'intention d'agir de même dans l'avenir..., et maintenant — parlant toujours au nom de mes collègues — je demanderai à monsieur le comte la permission de lui rappeler que notre temps a sa valeur... *Times is money*, comme disent les Anglais... et, puisque nous sommes d'accord avec lui sur tous les chiffres, nous le prions de vouloir bien arriver à la conclusion *sérieuse* de cet entretien...

Lebel-Gérard eut soin d'appuyer d'une façon toute particulière sur le mot que nous venons de souligner.

— Cette conclusion, je ne vous la ferai point attendre, — répliqua Paul sans le moindre embarras. — J'ai constaté depuis quelque temps, et non sans regrets, que si ma confiance en vous restait la même, votre confiance en moi diminuait singulièrement... — Jadis, vous ne demandiez jamais d'argent...

— Parce que vous nous en donniez, — interrompit une voix.

— Voilà une mauvaise raison ! — répliqua Paul en riant. Le vrai mérite serait de n'en point demander quand je ne vous en donne pas...

Un murmure général accueillit cet aphorisme, assez discutable en effet.

— Est-ce ainsi que vous agissez ? — poursuivit le comte. — Notre ami Gobert me refuse un renouvellement, lui-même vous l'a dit tout à l'heure, et les quatre-vingt mille quatre cent quarante-cinq francs de valeurs à son ordre vont échoir à la fin du mois...

— Je n'y suis pour rien,... — répondit l'escompteur.— Les capitalistes qui ont fait l'affaire tiennent à rentrer dans leurs fonds.

— Vous devenez pressants, messieurs, — continua Paul, — et j'ai déjà reçu de certains d'entre vous divers petits billets qui n'étaient pas d'une forme absolument courtoise.— Bref, je devine que le papier timbré pointe à l'horizon, et que les huissiers vont entrer en campagne... Est-ce exact?

Personne ne répondit tout d'abord à cette question, puis, au bout de quelques secondes, le tapissier murmura :

— Dame ! — si monsieur le comte ne se décidait pas à nous satisfaire, il est certain qu'il faudrait agir... ce serait avec un vif regret que nous le ferions... Mais le moyen d'éviter une si dure extrémité !...

— Oui, le moyen ? — appuyèrent toutes les voix.

— J'ai donc bien fait de vous réunir puisque cette réunion peut vous éviter une démarche bien funeste à vos intérêts... — Entre nous, messieurs, pas de malentendus ! Je vous dois la vérité, je vais vous la dire, et la voici : — Il m'est impossible de vous payer !!!

III

UNE PROPOSITION ORIGINALE

« Il m'est impossible de vous payer » — avait dit le comte.

Une clameur formidable accueillit cette déclaration. — Tout le monde parlait à la fois. — Les visages s'animaient. — Le diapason des voix irritées montait de seconde en seconde.

M. de Nancey, parfaitement calme au milieu de ce tumulte, choisit un cigare dans l'une des boîtes et se mit en devoir de l'allumer.

Le grand brouhaha de la première fureur des créanciers dura quelques minutes, puis diminua peu à peu d'intensité.

L'escompteur Gobert fit un signe pour commander le silence et fut obéi... — Il s'approcha de Paul, qui s'emblait s'absorber dans son cigare, et prit la parole :

— Monsieur le comte, — dit-il, — peut-être sommes-nous, au fond, moins naïfs que vous ne le croyez ?...

— Mais, — interrompit le jeune homme en sou-

riant, — je ne vous crois pas naïfs du tout, cher
monsieur.

— Jouons carte sur table... — continua Gobert; —
vous savez que vous allez être poursuivi, et vous
manœuvrez pour obtenir du temps... — Eh bien,
nous ne vous en accorderons pas...

— Non... non..., — appuyèrent les créanciers
avec la plus complète unanimité.

Je vais vous expliquer pourquoi... — continua
l'escompteur...

— Inutile de m'expliquer quoi que ce soit — interrompit Paul à son tour — je me reprocherais de vous
laisser perdre vos paroles...—Votre point de départ
est faux. — Vous vous figurez que je veux du
temps... — là est l'erreur... — les délais que j'ob-
tiendrais de vous ne me serviraient absolument à
rien... — Je suis ruiné, entendez-vous ? parfaitement ruiné, comprenez-vous? ruiné de fond en comble... ruiné à plate couture...

Une nouvelle clameur s'éleva plus formidable que
la première; mais l'escompteur se remit à gesticuler,
et, de nouveau, il obtint une accalmie.

— Ruiné, peut-être ! — répliqua-t-il en tirant de
sa poche un papier qu'il consulta. — Mais vous ne
l'êtes pas au point qu'il ne nous soit possible et facile de nous faire payer très-bien... — Il ne s'agira,

pour cela, que de la chose du monde la plus simple:
une petite expropriation...—Vous possédez, à Paris,
cet hôtel, dont la valeur est, au bas mot, de trois
cent cinquante mille francs, et, en Normandie, près
de Caen, le domaine des Tilleuls, estimé quatre cent
mille francs... — Voici les extraits des matrices ca-
dastrales, et les estimations faites après le décès
de monsieur votre père... — Avec sept cent mille
francs de propriétés foncières, on en peut payer
trois cent mille... — Croyez, monsieur le comte, que
je me suis renseigné, il y a deux ans, avant d'offrir
votre papier à mes capitalistes. J'ai agi en homme
sérieux...

Et, tout en parlant, l'escompteur Gobert souriait
d'un sourire au vinaigre.

L'espérance renaissait au cœur des créanciers ;—
ils échangeaient entre eux des regards satisfaits.

M. de Nancey fit sortir des profondeurs du portefeuille rouge deux papiers timbrés couverts d'écriture.

— Hélas ! cher monsieur Gobert, vous retardez !
— répliqua-t-il ; — vos renseignements étaient de
la dernière exactitude quand vous les avez pris...—
malheureusement ils ne le sont plus aujourd'hui...
—J'ai voulu, l'an passé, suivre l'exemple de tant
d'imbéciles qu'une heureuse chance enrichissait à la

Bourse en quelques jours... J'ai rêvé de tripler ma fortune, d'augmenter ma dépense et de régler mes dettes... — J'ai réalisé une grosse somme, j'ai spéculé sur une hausse qui semblait infaillible, et, grâce à la baisse que personne ne pouvait prévoir, j'ai perdu, jusqu'au dernier sou, les sept cent mille francs prêtés par le Crédit foncier sur mon hôtel de Paris et sur mon domaine de Normandie... —Voici les copies des minutes des deux actes hypothécaires... — Vous pouvez les étudier...

Et, tout en parlant, Paul remit les papiers timbrés aux mains de l'escompteur stupéfait.

Ce dernier les parcourut du regard et s'écria avec une indicible fureur :

— Volés !... nous sommes volés !...

— Volés ! — répétèrent toutes les voix.

— Comme dans la forêt de Bondy !!!

— C'est indigne !!!... c'est monstrueux !!! glapirent les créanciers. — Monsieur le comte est un...

Ils n'eurent pas le temps d'achever.

Paul, devenu très-pâle, se leva, et d'une voix impérieuse, assez haute pour dominer l'orage qui grondait autour de lui, il commanda :

— Pas d'insolence, messieurs ! — Je n'en souffrirais aucune, je vous en avertis, et tout votre débiteur que je sois, je châtierais vertement la moindre parôle malsonnante ! — Croyez-moi, d'ailleurs, dans l'intérêt même de vos créances, évitez de vous brouiller avec moi ! — Vous avec parlé, tout à l'heure, de la conclusion *sérieuse* de notre entretien. Eh bien, cette conclusion, la voici : — *Il dépend de vous de ne rien perdre !*

L'être le plus versatile, le plus facilement impressionnable qui soit au monde est assurément le créancier. — Un rien l'exaspère et le décourage — un rien le calme et lui rend ses illusions.— Souvent, il ne faut qu'un mot pour le faire passer sans transition de la tempête au calme plat. Pareil au naufragé ballotté par les vagues qui vont l'engloutir, il suffit parfois que l'épave flottante la plus misérable passe à portée de sa main pour qu'il s'y cramponne et se croie sauvé.

En un mot, le créancier est un tigre que l'espoir le plus faible, le plus incertain, souvent même le plus chimérique et le plus absurde, change soudainement en mouton.

Les dernières paroles de M. de Nancey, paroles si complétement inattendues, après l'aveu de sa ruine complète, apaisèrent à l'instant tout les courroux.— Les visages farouches s'adoucirent, et le petit escompteur lui-même quitta sa physionnomie de vautour en colère.

— A la bonne heure, messieurs, — dit Paul
quand le silence fut tout à fait rétabli, — vous voilà
redevenus des gens de bon sens et de bon goût, et
je vous en félicite sincèrement. — A quoi servaient
ces cris inhumains que vous poussiez tout à l'heure
à qui mieux mieux ? — Le bruit ne prouve rien... —
M'entendez-vous maudire la Bourse qui m'a si pres-
tement et si radicalement dépouillé ? — Avez-vous
réfléchi que, quand bien même je compromettrais
une faible partie de votre avoir, vous seriez en
somme mille fois moins à plaindre que moi, puisque
votre fortune en serait à peine amoindrie et que la
mienne a disparu toute entière ?... —Voyez, cependant, quelle douce philosophie me soutient ! —
Imitez-moi, vous serez des sages !...

Quelques murmures se firent entendre... — Evidemment les créanciers du comte attendaient de
lui toute autre chose qu'une leçon de philosophie.
— Il s'empressa de continuer :

— Je n'abuserai pas de votre patience, mes chers
amis, je vous le promets, mais je vous demande de
vouloir bien, pendant trois minutes encore, m'é-
couter sans m'interrompre... — Il me faut d'abord
vous parler de moi, mais c'est pour en arriver à ce
qui vous concerne... — Dans mon désastre, quel
parti prendre ? que faire et que devenir ? — Vous

pensez bien que je me suis posé cette question sous
toutes les formes, et je crois l'avoir résolue... —
On a vu des gens de mon âge, ruinés comme moi
par accident, se mettre énergiquement à l'œuvre
et se créer, à force de labeur et de persévérance,
une petite position quelconque qui leur permettait
de vivoter... — Je ne les imiterai pas. — Je me
connais. — Les habitudes et les besoins d'une vie
de luxe et de plaisir ne me permettraient point de
me plier aux exigences et aux privations d'une
existence de travail... — Lutter contre la misère
honnête serait pour moi chose impossible! —
Suis-je homme à végéter, je vous le demande, avec
trois mille francs d'appointements? — Saurais-je
me passer de chevaux de race, de jolies femmes, de
dîners fins et de cigares exquis? — Jamais! jamais!
jamais!!! — Je me rirais au nez en me voyant
monter en omnibus! — Et, d'ailleurs, que vous re-
viendrait-il de mon héroïsme? — On ne paie pas
cent mille écus de dettes avec mille écus d'appointements! — Evitons donc de penser au travail! —
Je puis me brûler la cervelle... — J'y ai songé...
— Je le ferai peut-être... C'est une solution très-
pratique et qui n'a rien de désobligeant, mais il y a
mieux... — Un dénouement joli, curieux, intelligent, tout à fait distingué, serait de rester riche,

ou plutôt de le redevenir, de solder vos mémoires rubis sur l'ongle, intérêts et principal, de vous conserver comme fournisseurs, et de continuer enfin à vivre comme j'ai toujours vécu, grandement, largement, joyeusement. — Qu'en dites-vous ? — C'est un rêve aimable, n'est-ce pas ? — Eh bien, ce rêve, si vous avez l'esprit de me venir en aide, peut se métamorphoser en une bonne et belle réalité ! — Toute la question est dans ces trois mots : — M'aiderez-vous ?

— Cela dépend, — répondit l'escompteur.

— S'il ne faut pas donner d'argent, — ajouta le tapissier, — on pourra voir...

— Bien entendu... — appuyèrent toutes les voix. — Mais, quant à de l'argent, pas un radis !

— Oh! soyez tranquilles, — reprit Paul en souriant, — vous n'aurez rien à risquer et tout à gagner...

— Comment?

— Vous allez voir... — Je n'ai plus d'hôtel, plus de château, plus de domaines, plus de crédit... — Les obligations de chemins de fer et les coupons de rentes sur l'Etat ont disparu dans la bourrasque, mais il me reste un capital d'une incontestable valeur, et je l'aliénerais volontiers...

— Un capital? — répétèrent les fournisseurs — Lequel?

5

— MA PERSONNE ! — répliqua Paul du ton dont
un héros de tragédie s'écriait : « Moi, dis-je, et c'est
assez ! » — J'ai vingt-huit ans, les dents blanches et
pas un cheveu gris... — Je suis classé parmi les
premiers sujets du *high-life* parisien ; ces dames de
tous les mondes veulent bien me faire l'honneur de
me trouver joli garçon, et je m'appelle Paul-Ar-
mand-Gaston comte de Nancey, ce qui est un vieux
nom couronné par un vieux titre... — Tout cela
vaut des millions... — Il ne s'agit que de trouver
une femme assez intelligente et suffisamment riche
pour y mettre le prix....

— D'accord. — Mais où est-elle cette femme ? —
demanda le carrossier.

— Où elle est ? — Je n'en sais rien et ne m'en inquiète point... — Ce n'est pas moi qui la cherche-
rai...

— Et, qui donc ?...

— Vous, mes chers amis...

— Nous ! — murmurèrent les fournisseurs, évidemment surpris.

— Vous-mêmes, je l'affirme, et vous la trouverez
si vous cherchez bien. — Qui le ferait si vous ne le
faisiez ? — Vous comprenez que je ne puis m'occuper
personnellement d'une telle affaire... — Aller me
mettre moi-même à prix serait d'un goût plus que

douteux, et d'ailleurs les voyages d'exploration à la recherche de la dot demandée doivent avoir lieu dans un monde qui m'est parfaitement étranger...— Je vois les choses comme elles sont... Pour me placer dans de bonnes conditions d'argent, il faudra me mésallier... — La future comtesse de Nancey sera nécessairement quelque petite bourgeoise gonflée de vanité et désireuse de devenir grande dame et d'avoir un bel écusson sur les panneaux de ses voitures... — Vos industries, mes bons amis, sont des industries de haut luxe qui vous mettent en rapport avec une foule d'honorables familles devenues riches par le commerce ou la spéculation... — C'est dans ce minerai aurifère qu'il faut entreprendre des fouilles...—C'est là que vous travaillerez utilement pour vous-mêmes et pour moi...—La marche à suivre est élémentaire... — Chantez mes louanges à tout propos. — Mêlez à quelque vérité une large dose d'exagération... — Que je devienne, grâce à vous, le phénix, l'oiseau bleu, le merle blanc ! — *Faites l'article* enfin pour votre serviteur, comme s'il s'agissait d'écouler, au plus haut prix possible, une marchandise un peu suspecte. — Ne sont-ce pas toujours celles-là que vous proclamez incomparables ? — Voyez notre ami David Meyer, quand il veut imposer au client naïf quelque prodigieux cheval anglais,

trotteur inouï, stepper hors ligne, qui boitera
tout bas huit jours après l'expiration du délai de
garantie : — quelle verve, quel entrain, quel aplomb !
Il séduit, subjugue, entraîne, fascine... et vend sa
bête ! — Imitez-le, messieurs ; — laissez dans une
ombre prudente les cas rédhibitoires qui pourraient
entraver l'affaire ! — En somme, vous ne tromperez
personne...— Je suis un galant homme dans la plus
large acception du mot... — J'en'ai d'autres torts (si
ce sont des torts), que d'aimer un peu trop la dépense et le plaisir... — Le mariage me corrigera
peut-être... — Il est permis de l'espérer...

— La conversion ne me paraît pas douteuse, —
dit en souriant Lebel-Girard, qui redevenait opti-
miste.

— D'ailleurs, — ajouta le bijoutier, — quand
M. le comte sera plus riche qu'autrefois, pourquoi
donc se restreindrait-il ? — *C'est donner l'exemple
de la fortune* que de faire aller le commerce.

— M. le comte a cascadé pas mal, — fit à son tour
le marchand de chevaux, — mais ce sont les céliba-
taires les plus folâtres qui deviennent les meilleurs
maris. — Les jeunes gens sont comme les poulains...
il faut qu'ils jettent leurs gourmes avant d'être propres au service de la voiture et de la selle.

— Vous avez raison ! — reprit Paul. — Je vois

avec bonheur que vous me comprenez, mes excellents amis ! — Je sens que le courant sympathique, interrompu par un orage passager, est désormais rétabli tout-à-fait entre nous. — Je compte sur vous... comptez sur moi ! — Rien ne me coûtera pour m'acquitter. — Laissez-moi cependant vous dire que, quoique prêt à faire litière d'une foule de petits préjugés pour arriver au but, il est une chose que je n'accepterais jamais et à aucun prix, c'est le ridicule. — J'épouserai qui vous voudrez, pourvu que la personne qui portera mon nom soit jeune et ne soit point trop laide. — Rien ne me déciderait à métamorphoser en comtesse de Nancey une bossue ou une vieille femme.

— Oh ! M. le comte peut être tranquille, — s'écria Lebel-Girard, — nous ne lui proposerons rien de ce genre.

— M. le comte est trop connaisseur pour qu'on essaye de l'enrosser, — ajouta David Meyer, dans son langage élégant et métaphorique.

— Songez encore, — continua Paul, — que la dot de la future comtesse ne devra, dans aucun cas, être inférieure à douze cent mille francs. — Vous en toucherez trois cent mille, sept cent mille dégageront mon hôtel et ma terre, et je veux qu'il me reste dans les mains quelques capitaux disponibles.

— Donc, un million deux cent mille francs, voilà mon minimum.

— C'est trop juste ! — dirent toutes les voix, — M. le comte vaut au moins cela.

— En admettant qu'il vous faille un mois pour découvrir la femme et la dot, — poursuivit le jeune homme, — il est bien entendu, n'est-ce pas, qu'aucun de vous ne m'adressera, pendant ce laps de temps, la plus petite réclamation et le moindre papier timbré ?

— Parbleu ! — s'écria le tapissier, — cela va de soi ! — Tourmenter ostensiblement M. le comte dans les circonstances présentes, serait diminuer sa valeur et par conséquent amoindrir notre gage.

— Et l'échéance de la fin du mois ? — demanda Paul, — songez qu'elle est menaçante !

M. le comte peut se rassurer, — répondit l'escompteur, — mes capitalistes garderont en portefeuille les billets de M. le comte, ou rembourseront s'il y a lieu, — j'en fais mon affaire.

— Tout est prévu, — reprit M. de Nancey, — et nous allons nous séparer bons amis, pour nous revoir bientôt, je n'en doute pas, dans les conditions les plus favorables.

Les créanciers formulèrent une adhésion complète à ces paroles de leur débiteur et quittèrent l'hôtel,

après avoir exprimé l'espoir que M. le comte pen-
serait à eux pour les diverses et somptueuses em-
plettes que son prochain mariage allait nécessiter.

Munis de sa promesse formelle, ils regagnèrent
leurs fiacres. — David Meyer grimpa sur le haut
siége de son break et prit en main les rênes des
trotteurs dont il confirmait le dressage. — Lebel-
Girard s'installa dans son coupé, car ce digne tapissier avait une voiture, fort élégante ma foi.

Resté seul dans le fumoir, M. de Nancey commença par ouvrir les fenêtres pour chasser ce qu'il
appelait *l'odeur de créancier.*

Il fit rentrer ensuite dans les larges flancs du
portefeuille rouge les divers papiers qu'il en avait
tirés, et, tout en se livrant à cette préoccupation, il
riait d'un rire cruel et moqueur.

— Allons, — se disait-il, — je suis descendu
dans la fosse aux tigres et j'en suis sorti vivant !
— J'ai dompté les bêtes farouches ! — L'idée qui
m'est venue est un trait de génie ! — J'avais dix
créanciers féroces, les voilà métamorphosés en dix
agents matrimoniaux adroits, alertes, infatigables !
— Non-seulement ils ne me dévoreront pas, mais
ils me nourriront... — Je vais être riche et marié !
— Marié, moi ! — Ce sera drôle ! — Bah ! dans ce
monde on se fait à tout. — Je me ferai peut-être au

mariage... — Et d'ailleurs, si je ne m'y fais pas, c'est ma femme qui sera mariée..., moi je serai toujours garçon...

Xavier de MONTÉPIN

LA GRANDE OURSE

SONNET

La Grande Ourse, archipel de l'Océan sans bords,
Scintillait bien avant qu'elle fût regardée,
Bien avant qu'il errât des pâtres en Chaldée
Et que l'âme anxieuse eût habité le corps.

D'innombrables vivants contemplent depuis lors
Sa lointaine lueur aveuglément dardée;
Indifférente aux yeux qui l'auront observée,
La Grande Ourse luira sur le dernier des morts.

Tu n'as pas l'air chrétien, le croyant s'en étonne,
O figure fatale, exacte et monotone,
Pareille à sept clous d'or plantés dans un drap noir.

Ta précise lenteur et ta froide lumière
Déconcertent la foi : c'est toi qui la première
M'as fait examiner mes prières du soir.

SULLY-PRUDHOMME.

LES RUINES DE PARIS EN 4875

(LETTRE PREMIÈRE.)

—

A Son Excellence Monsieur le Ministre de la Marine et des Colonies, à Nouméa (Calédonie).

En vue de Paris, le 20 mai 4875.

Monsieur le Ministre,

La flotille d'exportation dont Votre Excellence a bien voulu me donner le commandement a accompli la première partie de sa tâche.

Si, comme le veut la tradition, Nouméa doit son origine à une colonie parisienne, j'ai retrouvé le berceau de nos ancêtres. J'ai retrouvé la plus belle, la plus riche, la plus célèbre, la plus somptueuse ville du vieux monde, car c'est en vue des ruines de Paris que j'écris cette dépêche. Elle sera remise à Votre Excellence par le lieutenant de vaisseau Inveniès, qui a eu la gloire de poser le pied, le premier, sur la terre que nous cherchions.

Le 10 mai, les vents ayant subitement tourné du sud-sud-est au sud-sud-ouest, la mer devint très-grosse, le baromètre descendit au-dessous de quatre-

vingts millimètres, et une furieuse tempête dispersa
les bâtiments de l'escadre. Mes craintes étaient d'autant plus grandes que les parages dans lesquels je
naviguais sont inconnus, et que ma frégate dérivait
sous le vent avec une vitesse de vingt-cinq nœuds à
l'heure. Bientôt, l'eau pénétra jusque dans les soutes, défonça les claires-voies de la machine et menaça d'éteindre les feux.

A midi, étant par 34°37'46" de latitude nord et
42°24'40" de longitude est, le vent s'abattit tout à
coup, et des courants rapides me portèrent vers l'est,
où nous apercevions la terre. Deux de mes navires,
la *Répertrix* et *l'Eruo*, purent alors me rallier, et
nous avançâmes avec d'extrêmes précautions ; la
sonde accusait six brasses seulement, et nous étions
entourés d'une prodigieuse quantité de rats, qu'il
fallut disperser à coups de fusil. Enfin, vers deux
heures, nous jetions l'ancre sur un très-bon fond de
sable fin, dans un port immense et sûr. Un large
fleuve y versait lentement ses eaux, et sur la côte,
aussi loin que la vue pouvait s'étendre, un rideau
d'arbres touffus nous dérobait l'horizon. Je donnai
l'ordre de réunir la flottille, et me proposai de séjourner pendant quelque temps dans cet endroit.
Mon équipage avait besoin de repos, nous manquions depuis quinze jours de viande fraîche, et

l'aviso *Eureka,* que je vous envoie, réclamait d'urgentes réparations.

Je l'avoue, nous ne pensions guère, à ce moment, être aussi près du but de nos recherches. Kortambert, en effet, dans les fragments géographiques si savamment restitués par M. Dartieu, dit d'une manière positive que Paris est situé à environ deux cents kilomètres de la mer [1]. Mais, il faut bien le reconnaître, nos érudits et nos géologues sont loin, même dans leurs hypothèses les plus hardies, d'avoir exagéré l'incroyable violence du cataclysme qui a bouleversé tout le vieux monde, et auquel notre petite île a eu seule le privilége d'échapper.

Vers cinq heures, pendant que l'équipage était à table, notre vue fut attirée, du côté de la terre, par des flammes et des tourbillons de fumée, qui s'élevaient, à peu de distance de nous, derrière le massif d'arbres. Je fis aussitôt disposer un canot et j'envoyai à la découverte douze hommes, commandés par le lieutenant Inveniès.

Ils revinrent le soir, à neuf heures dix-huit minutes, apportant des nouvelles qui firent bondir d'espérance tous nos cœurs.

1. Kortambert, *Fragments*, édition Dartieu, liv. I, ch. 7, § 5. — Conf. Meissas et Michelot, IV, 9,11 ; Expilly, IX, 5, 3, et Malte-Brun, VI, 4, 7.

A trois ou quatre kilomètres de la côte, nos hommes avaient trouvé une ville d'aspect misérable, et dont les habitants, au nombre de deux mille environ, paraissaient en proie à une grande agitation. Les flammes que nous avions aperçues de loin achevaient leur œuvre, et trois ou quatre demeures ne présentaient plus qu'un monceau de décombres. Il était facile de le voir, l'incendie avait précisément choisi les moins étroites et les moins pauvres ; et, comme elles ne se trouvaient pas réunies sur le même point, on eût pu croire qu'une volonté criminelle les avait désignées à ses ravages.

Les naturels accoururent au-devant de nos marins, puis s'empressèrent autour d'eux, parlant, criant tous à la fois, s'escrimant pour les voir de plus près, les contemplant avec une avidité enfantine. Cinq minutes après son arrivée, la petite troupe était environnée d'une foule compacte, dont les regards curieux, l'attitude franchement indiscrète n'avaient rien de menaçant. Quelques mots prononcés par le lieutenant Inveniès furent aussitôt compris, et on lui répondit dans une langue qui a, comme la nôtre, de frappantes analogies avec le français.

Les mœurs de cette peuplade, que nous avons été depuis à même de bien connaître, offrent d'étranges contrastes. Au sein de cette tribu sauvage,

qui semble avoir émergé du sol dans ces régions
inhabitées, chez ces barbares vêtus de peaux de
bêtes, on remarque des vertus, des vices, des
goûts, des travers, des aspirations qui sont en général le produit des civilisations raffinées.

Leur grande préoccupation est la recherche du
plaisir. Tout leur est occasion de fête ; sous le moindre prétexte, ils se rassemblent au dehors ou se réunissent les uns chez les autres pour chanter, manger, boire, danser, parler. Tout événement les occupe
et les amuse, tout spectacle les ravit. Bruyants,
bavards, mobiles, impressionnables, ils s'enthou-
siasment sans réflexion, et se lassent aussi vite
qu'ils se sont engoués. L'amour-propre est le plus
saillant de leurs défauts. Tout ce qui brille, tout ce
qui reluit les attire et les passionne ; la vue des plu-
mets, des galons les affole. Avec cela, bons, francs,
hospitaliers, généreux, braves, intelligents, fins,
pleins de bons sens même, tant qu'il ne s'agit pas
du gouvernement de leur petite cité.

Par malheur, c'est là le sujet habituel de leurs
entretiens, et le seul sur lequel ils n'entendent point
raillerie ; ils sont cependant parvenus à s'assurer,
au moyen du renversement périodique de leurs
chefs, des distractions qui leur sont chères et le prétexte de glorieux anniversaires. Sacrifiant tout à la

forme, ils se préoccupent plus du titre que portera
leur chef que de la manière dont il les commandera.

Il y a d'ailleurs bien d'autres difficultés à résoudre pour organiser le pouvoir chez une peuplade où
tout le monde brûle de commander, et où personne
ne consent à obéir. Les plus modestes rêvent une
fonction publique, qui leur livre au moins quelques
subalternes à gouverner ; mais tous, même les plus
misérables et les plus ignorants, se croient parfaitement aptes à régir la tribu, parlent à tort et à travers des affaires de la cité, émettent des idées, des
théories, des principes aussi insensés que dispara-
tes, et ne les voyant pas adoptés, se sentent envahis
par un impérieux désir de révolte. Les habiles
guettent l'occasion, la saisissent à l'heure voulue,
et en un tour de main le chef est renversé. Ce sont
alors des cris de triomphe, des réjouissances publi-
ques, des promenades sans fin par la ville ; on se
félicite, on se complimente, on s'embrasse.

Quand nos hommes arrivèrent, les naturels étaient
au soir d'un de ces beaux jours, et les flammes aperçues par nous provenaient de quelques huttes qui
avaient été incendiées dans la bagarre. De ce fait,
le chef détrôné et ses deux principaux ministres se
trouvaient sans asile.

Le lieutenant apprit encore que ces révolutions

improvisées avaient lieu deux ou trois fois par année. Mais, lui dit-on, celle-ci serait certainement la
dernière, et une ère indéfinie de calme et de concorde allait commencer pour la peuplade. Elle venait,
en effet, d'adopter une forme de gouvernement qui
limite à trente jours l'exercice du pouvoir, et statue
que tous les mois la cité choisira un nouveau chef ;
chaque citoyen, devant ainsi le devenir à son tour,
vivra en paix, bercé par cette douce espérance.

Cet expédient ingénieux, qui semblerait devoir
contenter tout le monde, n'est point, paraît-il, un
spécifique aussi sûr qu'on serait porté à le croire, et
il a déjà été expérimenté plus d'une fois sans succès.
Tout va, il est vrai, à peu près bien pendant un mois ;
mais le chef en fonctions refusant régulièrement
de se retirer à l'expiration de son mandat, il faut
toujours une révolution pour l'arracher du trône.

Les femmes envient beaucoup aux hommes le
privilége de gouverner et de faire des révolutions ;
faute de mieux, elles s'efforcent de dominer dans la
hutte, et y fondent souvent un despotisme latent,
mais incontesté. Impressionnables, passionnées et
nerveuses, elles se montrent tour à tour bonnes,
douces, caressantes, aigres, taquines ou cruelles,
suivant l'état de l'atmosphère. Elles sont spirituel-
les et fines, mais légères, futiles, frivoles et d'une

coquetterie effrénée. Gracieuses, frêles, délicates, mais affamées de plaisir, elles en supportent les fatigues avec une énergie inconcevable. Le plaisir a pour elles toutes un attrait instinctif que les plus raisonnables sont parfois impuissantes à combattre, et elles expriment les besoins irrésistibles qu'entraîne cet état par un mot qui n'existe pas dans notre langue, le verbe pronominal « se distraire » ; quand une femme parle de « se distraire », les maris sages baissent la tête, en attendant que l'accès soit passé.

Cette peuplade est fort attachée au sol qu'elle occupe depuis un temps immémorial, et très-fière de sa petite cité. On se disputa l'honneur d'y guider nos marins, qui durent la visiter en tous sens, et rencontrèrent partout l'accueil le plus cordial. On leur vanta aussi la beauté des environs, et, par-dessus tout, l'imposant spectacle que présentaient les ruines d'une ville immense, située à une demi-lieue de là. Mais la journée était trop avancée pour permettre une excursion immédiate ; le lieutenant ramena donc ses hommes à bord, où leurs récits nous remplirent de surprise et de joie.

Dès le lendemain, je fis annoncer ma visite au nouveau chef que les naturels avaient choisi.

Je descendis à terre vers trois heures, accompagné de mon état-major. Des indigènes, envoyés au-

6

devant de moi, nous frayèrent un passage à travers les masses pressées de la foule, et nous conduisirent jusqu'à la hutte occupée par le chef, où tout avait été disposé pour une réception solennelle. Des gardes, à mine hardie, en défendaient les abords, et l'éphémère souverain nous y attendait, entouré de ses ministres.

Il était couvert d'une ample peau de loup, toute constellée de coquillages, de verroteries aux couleurs variées, et de menus objets en cuivre poli : boucles, anneaux, clous, agrafes, colliers, boutons, grelots. A sa coiffure, composée d'aigrettes, de plumes et de panaches, brillait une écaille d'huître, dont la surface nacrée resplendissait au soleil. Je m'efforçai de paraître ébloui par tant de richesses, ce qui réjouit beaucoup le chef, sans le surprendre. Ses manières ne manquaient cependant, ni de dignité, ni de grâce, et il répondit, sans le moindre embarras, au compliment que je lui adressai.

Nous nous mîmes en route à pied, suivis ou plutôt escortés par la ville tout entière. Hommes, femmes, enfants, personne n'avait voulu manquer à la fête ; et, dans de grossiers chariots, étaient assis les malades et les infirmes. Le chef remarqua ma surprise, la prit sans doute pour de la crainte, et chercha à me rassurer, m'avouant d'ailleurs qu'aucune

puissance humaine n'était capable, en pareille circonstance, de retenir ses sujets au logis. Pour toute
réponse, je quittai mon sabre, et j'ordonnai à mes
officiers d'en faire autant. Notre pensée fut aussitôt
comprise, et saluée d'acclamations enthousiastes par
cette foule joyeuse, haletante de curiosité, qui admirait les ornements dorés de nos costumes, com-
mentait nos moindres gestes, et nous serrait de près,
se disputant un de nos regards.

Nous suivîmes pendant une demi-heure environ
les rives verdoyantes du fleuve, dont la largeur paraît double au moins de ce qu'elle était du temps des
Français, si toutefois l'on s'en rapporte aux estimations de Du Laure et de Joanne [1]. Enfin nous gravî-
mes une petite colline, et arrivés au sommet, un même cri sortit de toutes nos poitrines ; devant nous se
déroulait le plus imposant tableau qu'il puisse être
jamais donné à l'homme de contempler. C'est bien
Paris, nul de nous n'en douta, ces ruines grandioses
étaient bien le tombeau de la reine du vieux monde.
Sa tête orgueilleuse plane encore au-dessus de ces
espaces désolés. Dans une vallée, dont nos yeux
pouvaient à peine embrasser l'étendue, se dressaient

1. Du Laure, *Fragments*, I, 3, 26; Joanne, *Extraits*, VI, 9,
12. — Conf. Varberet et Magin, IX, 2, 16 ; Mentelle, III, 7,
21 ; Max. du Camp, II, 27, 9.

pêle-mêle des dômes, des colonnes, des portiques,
des flèches élancées, des combles immenses, des
frontons, des statues, des chapiteaux, des entable-
ments, des crêtes, des corniches ; et à notre gauche
nous voyions se profiler, fier et hardi sur le ciel noir,
le couronnement de l'arc triomphal élevé par un
des derniers Poléons de la France à la gloire de ses
armées. Aucune secousse n'a donc ébranlé la grande cité, et elle doit se retrouver telle aujourd'hui
qu'elle était il y a deux mille ans, à l'heure où s'est
précipitée la gigantesque avalanche de terre, de
cendres et de sable sous laquelle elle est ensevelie.

Nous restâmes longtemps pensifs, absorbés
dans une contemplation muette. Le silence s'était
fait autour de nous, comme si, quelque habitués que
nos hôtes fussent à cette vue, sa grandeur produisait
toujours sur eux un indéfinissable effet de terreur
et de vertige. Ils ignoraient, pourtant, que de richesses, que de merveilles, que de souvenirs gisaient
sous ces monceaux de sable, sous cette plaine aride,
où ne croît qu'une herbe chétive et jaunie. Ils disent
qu'il n'y pleut jamais et que le ciel y reste toujours
voilé ; une crainte superstitieuse les empêche d'y
mener paître leurs troupeaux, et le plus brave n'o-
serait s'y aventurer la nuit. Ils racontent que, certains soirs d'orage, la vie semble se réveiller dans

ces abîmes. Des myriades de lueurs phosphores cen-
tes rasent le sol, et des bruits confus retentissent
dans les entrailles de la terre. Les marteaux re-
tombent sur l'enclume, les machines sifflent, les
métiers crient, les chevaux hennissent, les chariots
roulent lourdement sur le pavé. Les éclats de rire
se mêlent aux sanglots étouffés, les plaintes douloureuses aux ricanements moqueurs, les blasphèmes
aux chastes prières. On entend les clameurs de l'or-
gie et les soupirs des vierges, les imprécations et les
cantiques sacrés, les grincements de dents et les
chants joyeux, les gémissements sourds, les cris désespérés et le murmure des voix amoureuses, le cli-
quetis des chaînes et le bruit des baisers, les monceaux d'or qui s'écroulent et les râlements de la faim.
Puis tout à coup les appels stridents du clairon ré-
sonnent ; et, dominant le tumulte, faisant baisser
toutes les têtes, la voix grave de milliers d'orgues
s'élève, et lance dans l'espace des symphonies funè-
bres qui semblent annoncer les funérailles de tout
un monde. Alors peu à peu les feux s'éteignent, le
silence renaît, et la mort reprend possession de son
empire.

Il dépend de vous, Monsieur le Ministre, qu'une
partie de ces rêves deviennent des réalités. Mais,
vous le comprendrez, et l'esprit si élevé de l'Empe-

reur ne peut manquer de s'associer à votre pensée ;
pour qu'un résultat rapide et complet soit obtenu, il
faut que les moyens dont je disposerai répondent à
l'importance du but que nous nous serons proposé.

J'ai l'honneur d'être avec respect,
de Votre Excellence,

Monsieur le Ministre,

le très-humble, très-dévoué et très-obéissant serviteur,

Amiral baron QUÉSITOR.

Pour copie conforme :
ALFRED FRANKLIN.

LA BEAUTÉ

SONNET

Armé du ciseau d'or, tout rêveur, Praxitèle
Cherchait dans le paros la Vénus Astarté ;
Mais il ne trouvait pas. « O Vénus immortelle !
« Descends du ciel et parle à mon marbre lacté. »

Du nuage d'argent Vénus descendra-t-elle ?
« Qu'importe ! s'écria Praxitèle irrité :
« Daphné, Léa, Glycère, Hélène, Héro, Myrtelle
« Me donnent par fragments l'idéale beauté. »

L'artiste ainsi créa Vénus victorieuse.
S'il vous eût rencontrée, ô beauté radieuse,
Femme et déesse, amour des hommes et des dieux,

Il eût fait sa Vénus sans détourner les yeux ;
Ou plutôt, embrasé des feux de l'Empyrée,
Il eût brisé son marbre et vous eût adorée.

Arsène HOUSSAYE.

HANS SIEGENBLATT

I

Dans la bonne cité de Magdebourg, on montre encore aux enfants et aux jeunes fous qui rêvent de poésie une petite maison de bois où mourut presque de faim maître Hans Siegenblatt, un bien malheureux artiste.

Siegenblatt savait peindre ; peu de clercs étaient plus habiles aux travaux de manuscrits ; nul musicien ne tenait mieux un violon. Ses heures passaient occupées et sérieuses ; cependant aucune d'elles ne lui apportait de noble récompense.

Et quand Siegenblatt avait peint une belle image de saint, un gros marchand lui donnait à peine quelques écus en échange, et il la mettait au-dessus de sa porte, à la merci du vent et de la pluie.

Et quand Siegenblatt avait copié soigneusement un psautier, un livre d'heures, on lui jetait avec dédain une faible récompense. Pourtant, quel amour il apportait à colorier les lettres, à les orner de figures, à dorer les titres !

Et enfin quand, appuyé sur sa fenêtre, le corps à demi penché vers la rue, il jouait sur son violon les

vieux chants de la patrie, les bons bourgeois, les
écoliers, les graves docteurs, les femmes sous leur
voile, et jusqu'aux enfants, s'arrêtaient muets, le
regard tendu, tous en extase; mais, le chant fini,
chacun retournait à ses travaux ou à ses plaisirs,
et Siegenblatt soupait s'il pouvait.

II

Voici comment se lamentait un jour cet infortuné:
« Peinture, Poésie, Musique, filles de Dieu, vos
œuvres bénies ne sont stériles que pour vous-mêmes; il semble que vous deviez porter la peine de
cette excellence qui vous ennoblit; l'étoile qui surmonte et éclaire votre front sacré est comme un
signe de réprobation.

« La Jalousie au regard fauve, la Haine au pied
tortu, mais sûr, vous poursuivent sans relâche; en
quelque lieu que vous fuyiez, vous êtes certaines
de rencontrer des ennemis dans les êtres ignorants
et vils. Votre œil blesse, parce qu'il est pur; votre
voix déplaît pour être trop harmonieuse. Le monde
vous dit:

» Qu'avez-vous besoin de mon secours ? deman-
» dez votre manne au ciel, Peinture, Poésie, Mu-
» sique, filles de Dieu. »

» Quand, lasses du chemin, vous cherchez un peu d'herbe pour vous y asseoir, le monde vous crie :

» Plus loin, plus loin ; ne vous étendez pas au-
» près de moi comme des ombres de fatal augure ;
» vous avez des ailes, prenez votre essor. »

» A quoi êtes-vous bonnes ? dit encore le monde.
» Que produisez-vous pour la faim des hommes ?
» Etes-vous les nourricières des grandes villes ?
» Consolez-vous le paysan autant qu'un verre de
» vin ? Armez-vous le soldat ? Servez-vous au
» marin ?

» Voyez au matin, la cloche tinte, la boutique
» s'ouvre, les étoffes se déploient, la fumée du for-
» geron monte en blanche colonne ; le juif court à
» sa caisse, l'artisan à son métier, le bûcheron à sa
» cognée : tout se donne du mouvement. Seule, la
» nation des rêveurs reste les bras croisés, ou bien
» que fait-elle qui soit plus utile qu'un cri d'enfant ? »

» Ainsi parle-t-on. Et nous ne savons pas répondre qu'il faut aussi travailler pour l'esprit, et que la
faim n'est pas l'unique besoin de l'homme. La peinture, la musique nous exaltent, nous font songer à
une vie sans bornes, à une vie de récompenses. La
poésie adoucit les mœurs : elle a écrit les premières
lois de la terre.

» Oh ! jamais on ne connaîtra votre prix, filles

inspirées du ciel, qui passez ici-bas en étrangères.
Votre pâleur plaît au vulgaire ; la souffrance est
votre condition de grandeur ; vous portez tour à
tour la couronne d'épines. »

III

Cela dit, l'artiste posa son front sur sa main.
Avoir projeté si haut son auréole, et se voir rejeté
plus bas que la foule, rejeté dans la poussière ! Pour
lui, le soleil s'était levé blafard, et cependant le soleil dardait sur la ville de larges rayons. C'était
Pâques ; on voyait les bannières s'agiter dans les
rues, les confréries marcher dans de belles robes
toutes neuves, les chevaliers courir sur leurs chevaux houssés de soie et d'or ; les fenêtres se pa-
raient de fleurs, des jeunes filles s'y tenaient avec
leurs fiancés ; tout était liesse ; le besoin accablait
l'artiste, pendant qu'au dehors, au loin, le plaisir
et l'insouciance chantaient sous les longues allées :
« Dansez, fillettes ; dansez, garçons ; la bière est
mousseuse et fraîche, le temps est beau. »

IV

Soudain le chien gémit, et court se cacher sous
un siége ; des pas pesants retentissent dans l'escalier

en échelle, le bruit approche, la porte s'ouvre avec
fracas : un homme paraît sur le seuil. Son air est
familier, sa bouche sarcastique se relève aux deux
coins, sa moustache est hérissée comme celle d'un
chat en colère; rouges sont ses cheveux, rouge son
juste-au-corps ; sur ses épaules se drape avec grâce
un petit manteau de velours noir, à son côté pend
une longue épée de combat. Le chien hurle, l'artiste n'a pas la force de se lever; cependant qu'a-t-il
à craindre ou à perdre? Bien certainement cet étranger est un mauvais ange qui vient lui proposer de
changer de sort. Siegenblatt indique un tabouret au
nouveau venu :

— Sieds-toi là, Satanas.

— Ah! tu m'as reconnu, mon brave homme. Et
tu as le courage de prononcer ainsi mon nom. Va,
si tu tenais dans tes coffres Magdebourg et ses dé-
pendances, tu ne serais pas volontiers aussi courtois
avec un sire au pied fourchu. Que fais-tu de la vie ?

— Rien ; tout juste ce qu'elle fait de moi.

— Pauvre homme !

— Tu me plains, Esprit du mal! suis-je donc
tombé jusqu'à ta pitié?

— Eh bien ! cela ne vaut-il pas mieux que de
voir des regards curieux sonder ta plaie, que d'entendre les taupes raisonneuses discuter sur cette

longue mort qui est ta vie ? Pauvres créatures !
Votre Dieu vous a faites semblables, vous répétez
cet axiome soir et matin à sa gloire ; oui, semblables pour le limon. Mais il y en a qui ont le pouvoir
de se pétrir eux-mêmes une seconde fois. Que feras-
tu isolé, rejeté ? Une fois qu'un homme a été relé-
gué loin du troupeau commun, on le reconnaît toujours pour un banni ; ses yeux timides, sa voix
pleine de sanglots, sa démarche même, tout est l'indice de son malheur ; car le malheur a, comme la
richesse, une livrée à lui : seulement elle est teinte
de sang ou mouillée de larmes ; on ne la dépouille
qu'à l'heure de mourir.

— O Satanas ! du fond de ton lac de bitume, tu
juges bien l'humanité, cette boîte à minces compar-
timents, où l'on ne peut plus se placer si l'on a manqué sa case !

— Ami, reprit le démon d'une humeur charmante en ce moment-là, je t'installerai, moi, au
plus haut rang. A ton passage, les monuments sor-
tiront de terre ; la foule s'agitera sur un signe de ta
main ; pas de seigneur qui ne te salue, pas de sou-
dard qui ne t'offre sa rapière.

— Ne parle pas ainsi, s'écria l'artiste ; jamais je
n'emploierais la fortune à tant de bassesses.

— Quoi ! double sot, tu ne t'amuserais pas à faire

marcher le monde sur les genoux ? C'est pourtant
fort récréatif. Je te dis, mon très-cher, que s'il me
plaît, tu deviendras fort riche, et que s'il te plaît
alors, tu prendras une baguette flexible et mèneras
paître grands et petits, sans épargner les coups aux
traînards. Y a-t-il rien de si doux, de si honorable
que d'être maltraité par un seigneur Crésus, quand
la douleur doit se guérir avec un élixir d'or potable ?

— Démon, tu me donnes de bien singulières pensées ; tais-toi, tentateur, j'aspire à faire mon salut.

— Eh ! mon agneau, tu le feras, ton salut ; qui
songe à te demander ton âme ? Depuis le commencement du XVIe siècle, grâce aux Luther et aux Cal-
vin, j'en ai tant pour rien que je n'en achète plus ;
mais il m'a passé une fantaisie par la tête : je veux
déraciner la poésie... la déraciner en toi, d'abord.
Te plaît-il d'avoir de l'or à souhait ?

— Oh ! oui, maître, donne-moi de l'or, des joyaux,
des palais à couvrir de mes toiles, à remplir d'harmonie...

— Là, là..., comme il y va ! Que me parles-tu de
toiles et d'harmonie ? Allons, dépose ces balivernes
avec ton pourpoint troué. Veux-tu de l'or pour t'a-
muser encore à des fadaises ? Sois riche et puissant.
Seulement, comme condition du marché, tu t'abstiendras, écoute bien, tu t'abstiendras complétement

de tous travaux quelconques; les pinceaux, la plume,
l'archet, ne conviendraient plus à ta main patri-
cienne. *Far niente* constant, est-ce convenu ?

— Oui. »

V

Le pacte est signé, remis au démon. Satanas tire
son épée, décrit un cercle au-dessus de sa tête, un
cercle de feu. Aussitôt les murailles s'élargissent,
elles se meuvent comme des rangées de soldats ; le
plafond s'élève, s'élève ; tout à l'heure il écrasait
presque la tête de l'artiste, à présent il remonte vers
le ciel comme les kobals aux larges ailes. La lampe
de fer a fait place à de riches candélabres ; cette
porte basse, qui avait à peine laissé passer le démon,
s'ouvre à deux battants de chêne sculptés mirifique-
ment ; une tapisserie à figures variées la protége.
Les miroirs de Venise semblent glisser le long des
parois et tomber brillants comme des cascatelles ;
mille tableaux se rangent sur les murs ; au fond
s'étend une galerie de marbre.

Siegenblatt va de çà de là comme un enfant qui
cherche sa mère. Les murs vont plus vite que lui ;
il perd haleine à parcourir cette salle immense ; en
passant, il touche une foule d'objets nouveaux pour
ses yeux ; il s'embarrasse les pieds dans les tapis.

Lui-même il est changé : un miroir lui montre son propre visage encadré dans une toque de velours violet à plumes flottantes, une chaîne d'or à plusieurs rangs lui tombe sur la poitrine, un pourpoint de soie lui dessine la taille, des diamants sont semés à profusion sur la poignée de son épée, sur l'agrafe de son manteau, jusque sur ses souliers de satin.

L'artiste va parler. Un chœur de voix retentit; ce sont des musiciens qui, rangés le long de la galerie, chantent ainsi :

« Honneur, honneur au seigneur duc de Siegenblatt ! honneur à sa magnifique Excellence ! Que son sourire a de charme ! qu'il est doux de se prosterner devant lui ! Honneur ! honneur au seigneur duc de Siegenblatt ! »

Les musiciens disparaissent, mais une troupe de femmes prend leur place ; elles ont des harpes, des luths, des guitares ; elles chantent :

» Bien-aimé duc, tu es beau, grand, puissant sur la terre ! Heureuse sera ta noble épouse ! Comme on l'enviera lorsqu'elle cheminera près de toi sur un blanc palefroi ! Bien-aimé duc, tu es beau, grand, puissant sur la terre ! »

» Tu vois, dit Satanas, l'or produit déjà son effet : voilà deux heures que tu es riche, et tout Magdebourg, aveuglé, ensorcelé, croit que tu as trouvé un trésor ; on ne se souvient même plus de ta chétive maisonnette. Amuse-toi bien, mais n'oublie pas nos conventions. »

VI

Siegenblatt n'en est plus qu'à rêver aux moyens d'employer largement sa fortune, de faire honneur aux dons de l'esprit malin, de vivre noblement, d'éblouir les yeux des pauvres papillons humains qui tournent autour des riches. Court-il à cheval, ses vassaux se prosternent sur son passage, des fanfares l'accueillent à son retour, des bannières sont agitées sur sa tête. Chasse-t-il, des meutes se précipitent à sa voix, le cor éveille le cerf dans les bois de Siegenblatt. A qui ces champs ? Non pas au soleil qui les dore, mais à Siegenblatt. A qui cette rivière ? Non pas à l'Océan qui la reçoit dans son sein, mais à Siegenblatt. A qui la fidélité de ces serviteurs, le temps de ces pages, le génie des artistes, le souffle, l'œil, la voix, l'être entier des subordonnés ? A Siegenblatt. Est-il plus grand qu'eux, cependant ? Il le fut lorsqu'il était pauvre ; maintenant tous lui appartiennent, car il les paie, — ou du moins il peut les payer. — A peine a-t-il le temps de s'éveiller que des flots de sonnets et de pétitions tombent sur sa courtine brodée ; des figures intéressées s'empres-

7

sent, se penchent obséquieuses, cherchent les mots
sur ses lèvres, lui offrent incessamment des plaisirs
nouveaux pour son cœur déjà fatigué. — Mais c'est
toujours l'intérêt, toujours le luxe, toujours la voix
des flatteurs : ni l'ami, ni le vrai sage ne sont là. —
Et cependant, réduit à l'inaction forcée, le grand
seigneur doit vivre de l'esprit d'autrui.

VII

Voilà l'hiver venu. Que faire avant, après les
bals ? La neige tombe épaisse, la glace couvre la
terre ; le ciel est sombre ; l'ennui, l'insupportable
ennui pèse sur Siegenblatt. Il va, il vient : mais que
fera-t-il donc ? Quoi ! rien, rien toujours ! et demain
sera comme hier ! — Il brise sa coupe, il chasse ses
danseuses ; il veut être seul, les heures lui sont
longues. Ses mains inoccupées ont la fièvre ; c'est
d'abord tout bas qu'il appelle le travail ; mais bientôt il murmure, se plaint, s'irrite... Ce salon lui déplaît ; il parcourt ses galeries de marbre, tout lui
semble vide et étranger. Partout de l'or, oui, mais
de l'or sans bonheur. — Son œil se creuse, son front
se plisse. Oh ! ne rien faire ! ne rien faire ! il pleure
dans sa pourpre ; il n'a plus faim auprès de ses festins de roi ; il abhorre et repousse les artistes, parce

qu'il ne peut plus être artiste lui-même. Chaque
nuit, ses amies d'autrefois, la Peinture, la Poésie,
la Musique, viennent au pied de son lit lui adresser
de douloureux reproches.

VIII

Un matin, Siegenblatt se lève brusquement; il
y a dans son sein et dans ses yeux une ferme dé-
termination. Il saisit son violon tout poudreux ; il
joue, il joue…, et à mesure que les notes se déta-
chent des cordes sonores, le palais disparaît… Il
joue, et les tentures, les tapisseries s'en vont en
vapeurs. Siegenblatt s'arrête : peu à peu les riches
meubles reprennent leur place. Mais l'artiste, honteux de sa faiblesse, ferme les yeux et recommence
à jouer jusqu'à ce qu'il soit épuisé de fatigue. Alors
il promène ses regards autour de lui ; il est dans sa
chétive maison de bois: le bahut, les escabeaux,
l'écritoire de plomb, rien n'y manque. — Satanas,
assis, les jambes croisées, le contemplait avec un
air de pitié. L'artiste haussa les épaules.

« Je t'ai reconnu à l'épreuve, Esprit du mal : tu
as cru que les jouissances matérielles me suffi-
raient, et que mon âme resterait captive et silen-
cieuse dans une prison dorée. Va, mieux vaut la

faim que l'ennui desséchant d'une lourde oisiveté.
Je ne te dois plus rien; pars! Je souffrirai encore,
mais telle est ma destinée, et je la préfère. »

IX

Je vous ai dit, enfants, comment était mort notre
ami Siegenblatt. Il l'a voulu.

Alfred des ESSARTS.

LE PETIT SOU NEUF

Comme te voilà beau, monsieur le petit sou !
    Tu ressembles à la grisette
En robe du dimanche. As-tu pris au Pérou
    Les couleurs d'or de ta toilette ?

Avec tes habits neufs, petit sou, mon mignon,
    Tu sembles de bonne famille :
— Serait-ce Monseigneur le louis d'or ? dit-on.
    — Non, c'est un parvenu qui brille.

Tu sors de la Monnaie ainsi que d'un château ;
    Tu prends des airs fiers et sublimes,
Et chacun te salue en te voyant si beau,
    Petit marquis de cinq centimes.

Le sou classique est humble et sans prétention,
    Noir, vieux, sans parure empruntée ;
Mais on vient d'en tirer une autre édition
    Revue... et non pas augmentée.

La jeunesse est volage, elle aime à voyager ;
    Tout l'attire, rien ne l'effraie ;
Pars donc ! va parcourir, vagabond et léger,
    La poche, le porte-monnaie,

La bourse de l'avare, où sonnent les écus,
    Celle du prodigue, où, je gage,
Tu te verras parfois seul, comme Marius
    Sur les ruines de Carthage !

Mais dans la main du pauvre arrive sans retard,
Et ne va pas manquer au petit Savoyard,
Au chanteur de la rue, oiseau sans nid peut-être,
Rossignol enroué, dont le sort est cruel :
Si la manne aujourd'hui ne tombe plus du ciel,
Qu'au moins le petit sou tombe de la fenêtre.

Sois le prix du travail. Dans ce grenier, vois-tu
Cette active ouvrière ? elle est jeune, elle est belle
Satan lui proposa diamants et dentelle ;
Mais, l'aiguille à la main, elle l'a combattu.
C'est pour te conquérir qu'elle veille et travaille
L'honnête petit sou semble être la médaille
Que, dans notre Paris, on frappe à la vertu.

Ami de l'ouvrière, à qui tu viens sourire,
Habitant des greniers et de la tirelire,
Jamais du coffre-fort tu n'auras les honneurs,
C'est le palais où vit la pièce d'or altière ;
Mais l'humble tirelire est comme la chaumière
Où tu t'endors en paix, sans souci des voleurs.

Allons, en avant, marche! entre dans la caserne,
Tu dois servir aussi, mon petit sou moderne,
A payer nos soldats. Le courage et l'honneur
Ont des lauriers au front et des sous dans la poche :
Le soldat est sans bien, sans peur et sans reproche ;
Le cuivre est dans sa bourse et l'or est dans son cœur.

Mais, pour les frais du culte, un prêtre te demande.
Mon petit sou béni, tombe vite en offrande :
Ajoute une lumière à l'autel plus vermeil,
Viens donner une fleur au Dieu qui, sans mesure,

Nous donna les grands bois et la grande nature,
Un simple cierge au Dieu qui nous rend le soleil !

Mais un jour, sou charmant que la jeunesse enivre,
Tu deviendras pareil à ces vieillards de cuivre,
Usés, noircis, rouillés. Le temps nous vieillit tous :
A l'un il met la ride, à l'autre il met la rouille ;
De leur jeune fraîcheur, en passant, il dépouille
Les roses du printemps comme les petits sous.

Tu diras : « Je suis vieux, mais j'ai vécu sans crimes,
Sans tenter l'assassin avec mes cinq centimes.
Jamais le sang versé ne me déshonora,
Et si j'eus, par hasard, dans ma longue carrière,
Des taches, je les dus au vin de la barrière,
Ce péché du lundi, que Dieu pardonnera.

» Parfois au cabaret si j'allai par mégarde,
Du moins je consolai souvent dans la mansarde.
Du nectar à six sous je donnai les douceurs,
Mais j'obligeai le pauvre, et je fus moins frivole
Que l'or, ce grand seigneur, mon frère du Pactole ;
J'ai fait couler du vin, mais j'ai séché des pleurs.

» Je suis le petit sou, que l'on fit pour l'aumône ;
J'ouvre une porte au ciel à celui qui me donne ;
Je fais un peu de bien, sans venir du Pérou.
Avec les pièces d'or, soleil de la cassette,
On bâtit des palais pompeux, mais on achète
Sa place au paradis avec un petit sou. »

Anaïs SÉGALAS.

L'HEURE DU PATISSIER

C'est généralement entre quatre et cinq heures du soir que la Parisienne succombe à la tentation. La pâtisserie est une étape charmante entre le déjeuner et le dîner. Chacun sait, d'ailleurs, que ces dames ont des estomacs d'oiseaux : elles picorent plus qu'elles ne mangent ; la viande leur fait peur ; elles ont à peine touché du bout des lèvres au gigot ou au bifteck de midi, la femme, excepté l'Anglaise, n'appartenant pas à la famille des carnivores. C'est pourquoi, à quatre heures, elles ont faim.

L'étalage du pâtissier exerce, d'ailleurs, sur elles d'irrésistibles séductions. J'en sais qui, pour ne pas se laisser vaincre du premier coup, traversent la rue chaque fois qu'elles sont sur le point de passer devant le péril. Tout au moins il faut détourner la tête, fermer les yeux pour ne pas voir, pour ne pas sentir, si c'est possible, les succulentes friandises rangées dans un ordre savant sur les tables de marbre et les étagères de cristal.

Enfin l'heure est venue de succomber sans honte. C'est le moment du lunch. Dans les quartiers élé-

gants, sur les boulevards, aux alentours de la
Bourse et du Palais-Royal, les pâtisseries sont as-
siégées. La dame de comptoir est sous les armes, les
aides se tiennent prêtes. On a tout disposé pour soutenir le choc. Autour des morceaux de résistance,
des pièces montées, du corps d'armée solide composé
des sandwichs au fois gras, des pâtés, des brioches,
des madeleines, des nougats, des galettes, caracole
la cavalerie légère des meringues, des éclairs et des
choux à la crème ; le baba mêle ses savoureuses
effluves à celles de l'appétissante tartelette ; le gâteau
napolitain fraternise avec le petit pudding à l'anglaise ; le savarin s'étale à côté de la modeste fran-
gipane ; la glace brillante du biscuit étincelle auprès
de la neige moussue du saint-honoré.

L'œil de la belle visiteuse s'allume ; un tremble-
ment léger agite sa lèvre fine ; elle hésite une seconde, puis la main gantée s'allonge et cueille sur
l'étagère la charlotte russe ou l'éclair convoité. Les
appétits robustes vont jusqu'au sandwich. Ce premier morceau ne fait que la mettre en goût. Elle revient à la charge, mais avec plus de lenteur et de
choix, à mesure que l'appétit se calme pour faire
place à la seule gourmandise. Quels jolis coups de
dents! quels charmants coups de lèvres! quels friands
coups de langue ! Ce passage chez un pâtissier est

devenu un véritable repas. Il y a même dans un coin
au-dessus de la fontaine, préparées tout exprès pour
ces dames, une rangée de fines bouteilles qui par-
courent toute la gamme des liqueurs et des vins
d'Espagne, et tout à l'heure après la collation, tandis que les plus sobres se rafraîchiront d'un verre
d'eau, les autres tremperont leur bec rose dans un
verre d'alicante ou de malaga.

Je me suis parfois arrêté à la vitrine d'un pâtissier
aristocratique du quartier Vivienne, entre quatre et
cinq heures du soir, regardant ce coquet manége des
filles d'Eve qui ont reporté sur le savarin et le petit
pâté l'amour de leur grand'mère pour les pommes.
Elles font leur choix avec des attitudes, des gestes
et des expressions où se trahit le caractère intime
de chacune d'elles. Il en est qui fourragent sur les
étagères ; la plupart butinent avec des airs de moi-
neaux becquetant les fruits d'un cerisier, ou d'abeilles voltigeant de fleur en fleur. Et, après avoir
choisi sa proie, quoi de plus gracieux à voir que la
femme, la voilette relevée à demi, tenant l'assiette
de la main gauche finement gantée, et de la droite,
blanche et nue, élevant avec précaution le baba aux
tons bruns et dorés, au parfum pénétrant, que
semblent aspirer à la fois ses yeux caressants, ses
lèvres frémissantes et ses narines dilatées !

Chaque fois qu'il m'arrive, en un éclair de flânerie, de m'arrêter à ce joli spectacle, je suis toujours surpris de ne point trouver un peintre à côté de moi ; entendons-nous : pas un peintre académique, un peintre d'histoire, un disciple ou un rival d'Ingres ; mais un peintre de la vie moderne, un peintre de Paris et de la Parisienne.

Victor FOURNEL.

LA SAISIE

C'était par un matin lugubre de décembre ;
La scène se passait dans une pauvre chambre
Sans feu, malgré le froid qui sévissait bien fort.
Dévoré par la fièvre, et plus pâle qu'un mort,
Un homme chancelant, épuisé, l'œil atone,
Répétait lentement d'une voix monotone :
« — Nous chasser ! Ils ont dit qu'on allait nous chasser ! »
Et la femme à ses pieds ne savait que presser
Sur son sein amaigri trois enfants, trois beaux anges,
Dont le dernier riait, innocent dans ses langes.
« — Calme-toi, disait-elle en refoulant ses pleurs,
Dieu nous consolera, Dieu qui voit nos douleurs ;
Lui qui sait que jamais, cher compagnon, mon homme,
Tes bras n'ont refusé la besogne... La somme
Que nous gardions, hélas ! pour solder le loyer,
En remèdes pour toi j'ai voulu l'employer.
Qu'importe le chagrin, l'épreuve, la misère ?
La femme a son mari, les enfants ont leur père ;
Le courage en mon cœur ne s'est jamais éteint ;
Il s'éveille plus fort quand le malheur t'atteint,
Et je sens doublement, dans le fond de mon âme,
Que je suis la moitié de ta chair, moi, ta femme ! »
L'homme laissa tomber ses deux mains sur le front
Qui se tournait vers lui : — « Nous subirons l'affront,
Nous partirons, dit-il, car ta force me gagne. »
Alors, se relevant, sa vaillante compagne

Attacha ses regards désolés sur les murs ;
Puis, lui montrant du doigt un bouquet d'épis mûrs :
« — Nous étions mariés du matin ; hors la ville
Nous allâmes tous deux pleins d'un bonheur tranquille,
Seuls... nous parlant bien bas dans les champs tout dorés ;
Je rapportai ma gerbe... Ah ! ces épis sacrés,
Ce chaste souvenir dont j'ai peur qu'on se raille,
Je puis bien l'emporter... Ce n'est qu'un peu de paille. »

En détournant la tête elle prit le bouquet,
Puis y colla sa bouche en pleurant...

                                        Le loquet
De la porte grinça : les hommes de justice
Arrivaient pour remplir leur inflexible office,
Ils tenaient à la main des grimoires noircis,
Tout était bien en règle, et l'ordre était précis.
Saisir le mobilier des escrocs, des joueuses,
Des femmes dont le luxe a des sources boueuses,
Des hommes d'agio qui volent en plein jour,
Des emprunteurs, vivant sur chacun tour à tour,
Chevaliers du hasard, maîtres d'escroqueries,
Du volcan parisien méprisables scories,
C'est bien, juste, moral, — et chacun applaudit.
Mais, s'il s'agit du pauvre, ah ! notre cœur bondit !
Ces minces mobiliers, d'une valeur vénale
Presque nulle, n'ont rien pourtant qui les égale :
La table de sapin, les simples rideaux blancs,
Le coucou qui chantait les heures aux enfants.
L'armoire de noyer servant de lingerie,
Les fauteuils des petits, la vaisselle fleurie,
Quelques livres, enfin le lit des deux époux
Où l'honnête travail rend le sommeil plus doux,

Tout cela, c'est sacré...
                                Mais la justice est une ;
Son duel commençait avec cette infortune.

Quand l'huissier dans la chambre à peine eut fait un pas,
Lorgnant le mobiliér, il murmura tout bas :
« — Pas seulement les frais ! » — Des gens du voisinage
Le suivaient, curieux de voir, sur leur visage,
Comment les malheureux expropriés, saisis,
Se verraient de chez eux renvoyer sans sursis.
La vente commença :
                          — La commode, peu chère !
Imitant l'acajou... Cinq francs... Qui met enchère ?
Six francs à gauche... Allons, c'est pour rien ! Une fois !
Deux, trois fois, à six francs ! adjugé !
                                          Cette voix
Dans le cœur de la mère entrait comme une lame,
Et, la main dans la main de son mari, la femme
Regardait, l'œil hagard, s'en aller ses trésors ;
Ses larmes ruisselaient, malgré de vains efforts...

— La table, maintenant ! un meuble de famille,
Je l'offre pour cent sous... C'est vous, la blonde fille,
Qui faites signe ? non ! La table, pour cent sous !
On y peut dîner six... vrai, ces prix sont trop doux,
Examinez l'objet... Ah ! cinquante centimes,
Enlevez !
            Tour à tour, et pour des prix infimes,
Les meubles s'en allaient... Un crucifix pieux
De l'homme de la loi vint à frapper les yeux :
Il avança la main... Alors, tremblante et blême,
Comme si l'on venait de l'atteindre elle-même,

La femme s'élança soudain :

         — Ah ! de ce lieu
Emportez tout, oui tout, mais laissez-moi mon Dieu,
Laissez le crucifix dont l'aspect nous console ;
La loi ne peut vouloir qu'on prenne un tel symbole ;
Et pas plus que le lit, on ne saisit l'autel.
M'enlever cette image ! ah ! ce serait cruel !
Ma mère la serrait sur ses lèvres si pâles,
Quand la mort éteignit le dernier de ses râles ;
Mes enfants à ses pieds savent joindre leurs doigts ;
Ils disent le *Pater* de leurs petites voix ;
Sur leurs berceaux déjà s'incline le Calvaire ;
En me sentant chrétienne, ah ! je suis deux fois mère !
Ceux qui gardent les biens de ce monde, parfois
Peuvent bien oublier le Sauveur mis en croix ;
Mais nous, Monsieur, mais nous qui tombons hors d'haleine
Sous l'écrasant fardeau d'une éternelle peine,
Nous qui d'un dur labeur devons subir les lois,
Que deviendrions-nous, si nous n'avions la croix »

Tandis qu'elle parlait, sa joue était mouillée
De larmes qu'essuyait l'enfant... Agenouillée,
Des sanglots plein le cœur, elle étendit les bras...
Mais l'huissier dit :

         — La loi n'a point prévu ce cas,
Elle vous laisse un bois de lit, avec la paille...
Arrachant brusquement le Christ de la muraille,
L'homme noir ajouta :

         — Le crucifix de bois
A vingt sous... quinze... dix...

         Nul ne couvrait sa voix
Quand un accent, vibrant de notes généreuses,

Répliqua :
>   — Cinq cents francs !
>   Les têtes curieuses
> Se tournèrent alors vers un jeune homme en deuil
> Qui du pauvre logis avait franchi le seuil.
> Il avait entendu les prières ardentes
> De la femme, il avait vu ses larmes brûlantes ;
> Remué jusqu'au fond du cœur, il s'était dit
> Que donner fait du bien !... et l'huissier interdit,
> Redoutant une erreur, dit d'une voix railleuse :
> — Cinq cents francs ! Il s'agit d'une œuvre merveilleuse !
> A cinq cents francs le Christ ! personne ne dit mot ?
> Il est à vous, Monsieur... La femme eut un sanglot
> Mêlé tout à la fois de douleur et de joie ;
> — Sauvés ! Dieu les sauvait, l'huissier lâchait sa proie,
> Les meubles resteraient à ces pauvres bannis,
> Et l'on pourrait encor vivre des jours bénis.
> La mère, ses deux bras arrondis en corbeille,
> Soutenant les enfants à figure vermeille,
> S'élança vivement vers le jeune étranger :
> — Un ange vous a donc dit de nous protéger ?
> — Oui, répondit alors lentement le jeune homme,
> Cet ange était ma mère... Avant un mois, à Rome
> J'irai pour me tremper aux eaux vives de l'art ;
> Eh bien ! je vous le dis, jamais pour mon regard
> Rien ne sera plus grand, ni plus sain pour mon âme,
> Que le spectacle offert par vous, ô pauvre femme !
> Où je trouve le vrai, je crois trouver le beau ;
> De cette scène-là je veux faire un tableau,
> Une œuvre qui sera mon œuvre populaire,
> Qui dans tous les greniers parlera de prière ;
> A mes frères dans l'art je veux prouver combien

Notre esprit peut grandir, quand il se fait chrétien !
Si nous reproduisons des scènes trop cruelles.
Nous devons les baigner de clartés éternelles !
Mon, atelier d'artiste est voisin des greniers ;
A des titres divers nous sommes ouvriers.
Ah ! dans le fond du cœur et dans la chambre sombre,
Gardons le crucifix pour éclairer notre ombre ;
Drapeau, frère divin du drapeau des soldats,
Que la femme relève en pleurant sous nos pas,
Qu'elle déploie au sein des plus rudes misères,
Qui, nous parlant du ciel, nous rappelle nos mères ! »
Et l'artiste, le cœur ému, les yeux rougis,
Embrassant les enfants, s'éloigna du logis.

Raoul de NAVERY.

LES ENFANTS DU PROFESSEUR TURCK

Ceux qui n'ont pas connu M. le professeur Turck, qui occupa longtemps la chaire d'anthropologie à la Faculté de Strasbourg, s'en repentiront certainement après avoir lu ces pages où je vais essayer d'en donner un rapide croquis. D'habitude, le cours se tenant en hiver, M. Turck, personnage chétif et frileux, arrivait le nez emmitouflé dans un énorme cache-nez, un bonnet de soie noire sous un grand chapeau plat, un manteau vert-bouteille à huit collets, des moufles fourrées aux mains, d'énormes chaussons par-dessus les bottes, et sous les habits de la flanelle à l'avenant. Pendant que le professeur détortillait l'immense cache-nez, qui pouvait avoir trois aunes de long, les élèves le saluaient par des applaudissements prolongés ; et cette salve avait un motif particulier, qui démontrera aux savants qu'il est plus important de faire des cours l'hiver que l'été. Ainsi vêtu, M. Turck représentait à s'y méprendre le dieu du Nord, et les élèves frappés par cette personnification, voulant montrer l'enthousiasme qu'ils avaient pour la chaude température de

la salle, applaudissaient à outrance, ce qui en même
temps fouettait la circulation du sang. M. le professeur Turck eût été bien désenchanté s'il eût con-
tinué son cours l'été : des gens étendus sur les
chaises, sommeillant les nerfs abattus, les bras
ballants, les mains moites au bout des bras ; aucune
force sinon pour éponger les fronts en sueur.

Après le cache-nez, M. Turck ôtait son chapeau,
puis les gants, puis le manteau.

— Messieurs ! s'écriait-il. Et il toussait et desser-
rait sa cravate ; mais l'éloquence n'arrivait pas encore. C'étaient des phrases d'une lieue, tous les mots
les plus allongés du dictionnaire, jusqu'à ce que le
professeur se débarrassât de son paletot. Un rayon
de lumière venait à percer sa phrase seulement
quand il avait dénoué la boucle de son gilet et celle
de son pantalon. M. Turck s'échauffait peu à peu,
enlevait son bonnet de soie noire : à l'entendre on
eût cru que ses idées ne pouvaient s'échapper tant
qu'elles seraient emprisonnées dans des étoffes ; et
quand, l'habit ouvert, le gilet déboutonné, la cravate
pendante, M. Turck ouvrait la bouche, il parlait de
source.

Les matières traitées dans ce cours étaient si
délicates que, par une petite affiche placardée à la
porte, les dames étaient invitées à ne pas y paraître,

ou, pour parler plus officiellement, il etait dit que
les dames ne seraient pas reçues aux leçons du
professeur Turck. Aussi, généralement, voyait-
on à l'entrée ou à la sortie quelques dames avides
de science, les yeux collés sur cette affiche pleine de
mystères. Pourquoi la science se montre-t-elle si
peu galante, et pourquoi l'administration ferme-t-
elle brutalement la porte au nez des dames qui veulent s'instruire ? Ce sont de ces singularités qu'on
n'admettra plus dans un avenir rapproché.

Le professeur Turck traitait de la géneration ;
mais il en parlait avec une gravité et une réserve qui
n'auraient pu choquer les fines oreilles du beau sexe.
Les dames qu'on laisse étudier les amours des plantes ne pouvaient puiser au cours de M. Turck que de
sages renseignements. Il parlait autant en moraliste
qu'en médecin, et il ne manquait jamais de donner
aux étudiants des conseils sur les mœurs, cherchant
à leur montrer, par le récit d'anecdotes à l'appui,
les funestes conséquences d'une jeunesse orageuse;
mais il insistait surtout sur l'alliance des tempéraments et en faisait les bases certaines d'heureuses
unions. Il se plaisait même à raconter qu'il avait
refusé la main de la plus jolie *bilieuse* qui se pût voir,
quoiqu'il se sentît entraîné vers elle ; mais, étant lui-
même profondément bilieux, la certitude qu'il avait

du danger d'une telle alliance, eu égard à ses conséquences, le porta jadis à refouler les agitations de
son cœur.

Ces anecdotes faisaient sourire les étudiants qui,
dans le feu de leurs vingt ans, ne portent pas d'attention vers le côté sanguin ou bilieux des grisettes
alsaciennes.

On peut dire, à la louange du professeur Turck,
qu'il avait l'enthousiasme de son art développé au
plus haut degré. Rien dans l'Etat n'était supérieur
au physiologiste; il en faisait un être appelé à jouer
un rôle dans toutes les questions sociales, non-seulement au début et à la fin de la vie, mais surtout
dans la circonstance la plus grave, qui est l'union
des deux sexes. C'est alors que le professeur était
bon à entendre. — « On appelle, s'écriait-il, un notaire pour discuter la fortune des deux époux, on va
demander le maire pour jurer fidélité absolue, on
consacre cette union par-devant l'Eglise; seule la médecine est exclue du contrat de mariage, quand, avant
tout, avant le notaire, avant le maire, avant le prêtre,
le médecin aurait dû déclarer si le mariage était possible. Il y a égalité de fortune, mais un jour il y a
incompatibilité d'humeur, adultère, séparation; quelquefois un assassinat s'ensuit. Si on avait consulté
un physiologiste, il n'y aurait eu ni incompatibilité

d'humeur, ni adultère, ni séparation, ni empoisonnement. »

Alors, pour montrer qu'il ne se tenait pas
seulement dans les généralités, le professeur Turck
faisait circuler dans son auditoire des portraits
d'après les gens que le mariage avait entraînés au
crime, et, en même temps que des portraits, des
moulages sur nature, des crânes divisés phrénolo-
giquement, et il démontrait qu'il eût été facile à la
société d'apparier ces criminels et de les empêcher
de se livrer au meurtre.

D'habitude, M. Turck terminait ainsi son cours :
— « Messieurs, quand vous apprendrez par les journaux que votre professeur se marie, venez tous à
l'église ; ma fortune ne me permet pas de vous engager à la noce, mais je veux que vous constatiez
que le professeur a été fidèle à ses principes, et
qu'ayant trouvé la femme qu'il cherche depuis longtemps, il s'est empressé de faire son bonheur. Messieurs, celui qui parle ici a toujours été chaste et a
le droit d'engager au baptême, neuf mois après, les
mêmes personnes qui l'auront escorté à l'église. On
parlera plus tard des enfants du professeur Turck,
je vous le garantis. Donc, à huitaine, messieurs, à
moins que vous ne veniez à apprendre mon mariage
dans l'intervalle. »

Depuis deux ans que M. Turck faisait son cours d'anthropologie, il n'avait pas tenu d'autre langage pour conclure : toujours il annonçait son mariage et les enfants qui devaient en résulter. Il mettait une telle conviction dans ses paroles, que ses confrères de la Faculté, ses amis, ses nombreux auditeurs, ouvraient tous les jours la gazette en se disant: « Peut-être y lirons-nous l'annonce du mariage de M. Turck. » S'il existait quelques incrédules qui prétendaient que M. Turck était immariable, ils furent profondément surpris par l'annonce soudaine du mariage du professeur avec une fille de qualité qui habitait le département du Calvados. M. Turck, ayant passé les vacances en Normandie pendant le mois de septembre, fut vivement touché du beau sang des femmes du pays. Comme il ne regardait pas à la fortune, l'affaire fut promptement décidée. La demoiselle touchait à sa vingt-cinquième année, le médecin en avait quarante-huit; il jugea dans sa sagesse que la poire était parfaitement mûre de côté et d'autre.

La déclaration qu'il fit à sa future est digne d'être conservée pour sa simplicité.

— « Mademoiselle, lui dit le docteur, je ne veux pas que le nom des Turck s'efface de la science, et j'espère que vous ferez tous vos efforts pour que

nos enfants soient élevés jusqu'à leur vingt-cinquième année avec la chasteté qui aujourd'hui nous permet d'être heureux en ménage » La future promit
à M. Turck tout ce qu'il demandait.

Malheureusement, les élèves et les amis du professeur ne purent jouir du spectacle de cette union,
car la noce se fit en Normandie, une de ces noces
normandes qui, par leur catalogue, donneraient de
l'envie aux héros d'Homère ou de Cervantes. Lui-
même, M. Turck, malgré ses habitudes de modé-
ration prudente, fut entraîné sans s'en douter à une
telle combinaison de boissons que, vers les onze
heures du soir, il se sentit la tête lourde, les jambes
pesantes, et qu'il demanda à la mariée de faire lit à
part. Mme Turck était une excellente personne : pour
qu'on ne s'aperçût pas dans la maison de l'état de
son mari et que les gausseurs de petite ville ne pus-
sent en faire un thème à plaisanteries, les deux
époux se partagèrent les matelas et s'endormirent
tranquillement, chacun de son côté, en faisant les
rêves les plus purs.

— « Affreux ! affreux ! » s'écria le professeur le
lendemain en se réveillant. Et il fit un discours à sa
femme sur l'abus des liquides et sur les conséquences fatales qui pouvaient en résulter la première
nuit des noces. Tout en passant sa robe de chambre,

M. Turck s'éleva contre la funeste habitude qui
règne dans les banquets et qui fait que les nouveaux
mariés, indépendamment des émotions naturelles
qui les assiégent, ne se sentent le cerveau ni l'esto-
mac sains. Mme Turck approuva son mari sur sa
prudente conduite et reçut sans sourciller les compliments d'usage des invités et leurs plaisanteries
égrillardes; mais le professeur n'était pas au bout
du rouleau. Les Normands ne lâchent pas ainsi les
nouveaux mariés. Pendant huit jours ce furent des
bombances sans fin, des déjeuners qui menaient jusqu'au dîner, des dîners qui conduisaient au souper;
enfin, sur les quinze heures de la journée, il y en
avait douze consacrées au plaisir de la table. Les
théories hygiéniques du professeur Turck se révol-
taient contre une pareille manière de mener la vie;
mais il était tenu de ne pas trop se gendarmer contre
les parents de sa femme.

— Ma chère amie, lui dit-il en voyant que les
repas ne cessaient point, nous allons continuer à
faire ménage à part pendant notre séjour dans ce
pays ; mais arrivés à Strasbourg...

La nouvelle mariée baissa les yeux en rougissant.

Huit jours étant passés en festins, M. Turck an-
nonça son départ pour l'Alsace. Les vacances tou-
chaient à leur fin, et il était nécessaire d'arriver

quelque temps avant la rentrée des étudiants pour
présenter Mme Turck à toutes les notabilités de la
ville. A cette époque, les chemins de fer ne couvraient pas la France de leurs réseaux ; M. Turck
mit quinze jours à gagner Strasbourg. Il avait voulu
montrer Paris à sa femme, et les courses pour visiter les monuments, les fatigues de voyage, firent
qu'arrivé à Strasbourg le professeur songea à l'immense échauffement résultant des marches à pied
dans Paris et des stations forcées en diligence.

— Le moment n'est pas encore venu, pensa-t-il.

Quoique l'Alsace soit peuplée de femmes bien
étoffées, chacun dans la ville admira Mme Turck, qui
était une belle créature, grande, solide sur ses pieds,
blonde comme un champ de blé, les joues roses, les
yeux bleu foncé et la poitrine suffisamment meublée.
On félicita de toutes parts M. Turck sur son heureuse trouvaille.

— N'avais-je pas raison d'attendre pour me
marier ? s'écriait-il d'un air triomphant.

— Vous aurez de fameux héritiers, disait-on.

— Heureux Turck ! s'écriaient les professeurs de
la Faculté : il est capable d'accaparer plus tard
toutes les chaires de l'Académie de médecine pour
ses enfants.

A la nouvelle mariée, on faisait des compliments sur le même ton avec plus de ménagements.

Vint l'ouverture de la Faculté, à laquelle se prépara M. Turck pendant quinze jours : enfermé dans son cabinet, il composait un discours de rentrée qui l'absorba entièrement et lui occasionna de grandes recherches. Pendant la journée, il ne prenait que du café et se montait l'esprit à un haut diapason.

— Mon enfant, dit-il à sa femme, ne sois pas étonnée si tu ne me vois qu'à de rares intervalles le jour ; tu comprends ce qu'on attend de moi après mon mariage : les jeunes gens voudront savoir si je n'ai pas perdu une partie de ma verdeur, et je veux faire passer toute ma force dans ce discours. Ensuite, nous verrons...

Grâce à ce discours, M. Turck passa la nuit dans son cabinet, y couchant, y buvant, y mangeant, y fumant, y méditant sans que sa femme s'en inquiétât. La gloire travaillait le professeur, qui rêvait un de ces discours interrompus à chaque instant par des applaudissements enthousiastes : il voulait faire jouir de son triomphe celle qu'il avait prise pour femme, et, pour la première fois, l'affiche porta que les dames seraient admises à la séance. Cette mesure était une galanterie du professeur pour Mme Turck, afin qu'elle pût assister aux succès de son mari. Les étudiants étaient en nombre imposant à l'ouverture du cours, se rappelant les pronostics de leur professeur sur son mariage, et ceux de première année avaient été mis par les anciens au courant des faits et gestes du professeur. Ainsi que d'habitude, le physiologiste traita de la génération, mais il le fit en termes généraux : c'était plutôt un vaste coup d'œil sur la reproduction des êtres depuis le commencement du monde, de telle sorte qu'aucune oreille chaste ne pouvait être choquée par des termes qui, quoique scientifiques, portent l'esprit vers des idées trop matérielles.

La belle Mme Turck était assise près de la chaire de son mari, et tous les regards se tournaient vers elle. A la transparence de son teint, à la placidité de ses traits, chacun se disait combien elle devait être heureuse en ménage, et quand M. Turck parla des enfants, ses paroles, quoique scientifiques, étaient empreintes d'une telle effusion de sentiments que les dames mariées de l'auditoire jalousaient l'heureuse union du professeur.

M. Turck était un grand travailleur, qui avait pour manie de croire qu'après une certaine besogne terminée il lui serait donné de se reposer ; mais à peine sorti des recherches patientes et microscopiques qui l'absorbaient, il en entamait d'autres immédiatement. Jamais le physiologiste ne songea à se reposer, quoiqu'il parlât sans cesse de la nécessité du loisir : aussi très-préoccupé des leçons de son premier semestre et des expériences qu'il faisait à l'académie sur la fécondation artificielle des animaux, fut-il un jour brusquement renversé par la question d'un de ses confrères.

— Eh bien, mon cher Turck, à quand le baptême ?

Plongé dans ses travaux, M. Turck avait tout à fait oublié son mariage et dans quel but il était marié.

— Ma bonne chérie, dit-il à sa femme, croirais-tu qu'on parle déjà du baptême dans Strasbourg ?

La mariée sourit un peu tristement.

— Que diable ! tu ne dis rien ; je n'y pensais plus, nous sommes de six mois en retard ; mais il n'y a pas de mal, nous rattraperons le temps perdu.

A la Faculté, on continuait à s'entretenir des enfants de M. Turck, et le professeur d'ichthyologie admirait par avance le gros poupon que devait introduire à la lumière le chirurgien Stox : car, par amour-propre autant que par sympathie pour son confrère, le professeur Stox avait demandé à M. Turck d'être chargé de l'accouchement. Comme M. Stox était d'une rare habileté, M. Turck ne crut pas devoir refuser les bons soins de son collègue, et il le remercia chaudement.

— Ne me remerciez pas, dit M. Stox, Mᵐᵉ Turck est si bien constituée que mon ministère se réduira à peu de chose. Je ne serai là que pour la forme

Le célèbre Désonnaz, dont le beau livre sur l'Hygiène des femmes enceintes a fait la réputation, donna quelques conseils à M. Turck sur les précautions à prendre pendant la grossesse.

Que votre femme marche beaucoup, le plus qu'elle pourra, jusqu'à ce qu'elle se sente prise de douleurs.

— Ce sont les femmes pauvres qui accouchent le plus facilement, et qui font les plus beaux enfants, dit M. Désonnaz, par la raison qu'on ne les dorlotte pas.

Si M. Turck eût eu en partage les goûts *tâtillons* de ces maris qui pensent à tout, ces offres de service l'auraient conduit à commander immédiatement une layette ; mais, sauf la mémoire des faits sciencifiques, le reste entrait par une oreille pour sortir par l'autre.

L'illusion était à son comble de part et d'autre, chez M. Turck et parmi les gens qui l'entouraient. Quand on parlait d'un bel enfant, on citait les enfants du professeur, quoiqu'ils habitassent encore le monde inconnu d'où nous venons et où nous allons.

Il se passa même un fait qui prouve combien

M. Turck avait enraciné profondément chez les autres ses propres croyances. Une dame étrangère, qui était venue avec ses enfants visiter un des membres de la Faculté, ne put entendre sans une certaine jalousie de mère qu'on préférât à son fils et à sa fille les enfants de M. Turck. Un jour, ayant rencontré dans une maison la femme du professeur :

— Vous n'avez pas amené vos enfants ? lui dit_ elle.

— Mes enfants ! s'écria Mme Turck, étonnée au suprême degré.

— On dit qu'ils sont si jolis, si doux, si bien élevés !

— Vous vous méprenez sans doute, madame.

— Vous êtes bien Mme Turck ?

— Oui, madame.

— Alors, me permettrez-vous d'aller vous rendre visite et de faire jouer mes enfants avec les vôtres ?

— Je n'ai pas d'enfants, dit Mme Turck avec un soupir.

Ces sortes de scènes se renouvelaient fréquemment.

Aux petits garçons effrontés on citait *Léopold* Turck comme un modèle à suivre. Léopold était le nom de baptême du petit Turck futur, et aucune des petites demoiselles de la ville ne pouvait lutter

pour la grâce, la réserve et l'enjouement avec la petite *Sydonie* Turck, que la voix publique avait ins-
crite, bien qu'elle ne fût pas encore née, sur les re-
gistres d'un état civil fictif.

Cependant il se passa à la Faculté un fait d'une
très-haute portée scientifique. M. Turck avait an-
noncé publiquement qu'il était certain d'amener
une grenouille à bonne gestation, sans que le mâle
y prit part. On le traita d'audacieux, de visionnai-
re ; des brochures satiriques furent lancées contre
le professeur qui, sans se décourager, provoqua une
enquête publique à la suite de laquelle une grenouille, qui avait été séquestrée complétement, fut
amenée devant la docte Faculté. Là, en présence
d'un auditoire savant, M. Turck démontra son sys-
tème.

L'opération réussit parfaitement : la grenouille
fut entourée bientôt d'un cortége de petits têtards à
longue queue. Les détracteurs baissèrent la tête, et
la gloire de M. Turck s'en accrut d'autant ; mais ce
n'avait pas été sans longues recherches que le professeur était arrivé à ce curieux résultat, et Mme
Turck restait dans un veuvage perpétuel.

Un soir que les époux dinaient tête-à-tête, le physiologiste s'aperçut d'une certaine tristesse peinte
sur les traits de sa femme. Il lui en demanda la rai-

son sans qu'elle répondit d'abord ; à la fin, elle sanglota et avoua à M. Turck que la façon réservée dont il comprenait le mariage n'était pas propre à faire le bonheur de sa vie.

— Elle eût préféré, disait-elle, rester fille en Normandie, car alors elle eût accepté son état avec résignation ; et encore, si M. Turck ne lui avait pas fait part de ses intentions lorsqu'il demanda sa main, elle eût pu se résoudre à servir d'amie au médecin, mais n'avait-il pas témoigné du désir de faire fructifier son union ? ne s'était-il pas vanté d'avoir les plus beaux enfants de Strasbourg ? Et les questions que chacun faisait à Mme Turck sur son bonheur à l'intérieur n'étaient-elles pas autant de coups de poignard pour un cœur aimant ?

— Ah ! pauvre chère femme, que j'aime tant ! dit M. Turck, je l'avais complétement oublié. Je te négligeais sans m'en apercevoir. Ce que tu me dis là me cause bien des remords.

Et il tomba aux genoux de Mme Turck, lui prit les mains, les baisa, et témoigna du repentir le plus vif, pendant que sa femme, penchée vers lui, laissait échapper quelques larmes, lui affirmant qu'il était tout pardonné. Sa main pressait les mains brûlantes de sa femme, la tête sur ses genoux ; une vapeur chaude mettait le professeur hors de lui; les

9

beaux cheveux blonds de Mme Turck, déroulés, lui
brûlaient la figure.

— C'est trop d'émotion, s'écria le savant, qui
n'avait jamais vu l'amour de si près. Eh bien, ma
chère femme, demain, n'est-ce pas?... Ah! le beau
jour que demain !

Là-dessus, M. Turck disparut prudemment, craignant sans doute de se laisser entraîner à l'émotion, et peut-être n'y étant pas suffisamment pré-
paré. Quant à sa femme, le dépit eût pris le dessus, si
cet engageant *demain*, plein de promesses, n'eût
ramené la félicité dans tout son être. Enfin le jour
tant attendu depuis dix-huit mois allait luire : quoiqu'elle ne fût pas savante en coquetterie, Mme Turck,
avant de se coucher, essaya différentes toilettes de
nuit tout à fait galantes. Quel mortel insensible eût
pu résister aux tentations d'un ample négligé blanc
qui, par une coupe habile, laissait entrevoir des
trésors plus blancs que du lait ? Un reste d'émotion
agitait cette belle poitrine fière et solide qui forçait
l'étoffe à se tendre et à en prendre l'empreinte. Si
M. Turck eût pu voir sa femme dans ce galant
déshabillé, il n'eût pas attendu ce *demain*, si fatal
aux humains.

Pour lui, il marchait à grands pas dans son cabinet, se disant : — C'est mal, très-mal, je suis dans

mon tort, mais je veux le réparer ; désormais,
Mme Turck n'aura plus rien à me reprocher. Tout en
parlant ainsi, il tendait les bras et se livrait à une
sorte de gymnastique de tous les membres pour
s'assurer que le séjour perpétuel du cabinet n'avait
pas engourdi ses muscles. Peut-être pour la première fois de sa vie, M. Turck se coucha sans lire,
quoique sa table de nuit fût chargée de gros livres,
de cahiers de notes et de crayons. Il avait résolu de
se consacrer tout à fait au souvenir de sa femme,
afin de ne pas oublier pour le lendemain l'accomplissement de ses devoirs ; et il faisait tous ses
efforts pour chasser la science et invoquer le dieu
d'amour. Aussi ce nouveau locataire lui causa-t-il
un tel trouble que le professeur ne put fermer l'œil
de la nuit.

Obsédé, M. Turck se demanda pourquoi il n'irait
pas réveiller sa femme, et il réfléchit longtemps à
cette idée : mais de quelle surprise ne serait pas saisie Mme Turck en voyant tout à coup entrer chez elle
son mari ! Quel langage lui tenir ? La frayeur ne
s'emparerait-elle pas d'elle ? Etait-ce en un pareil
moment qu'il était loisible de consommer une union
par de tels débuts audacieux ? D'un autre côté,
le premier instant de surprise passé, Mme Turck
ne serait-elle pas reconnaissante de l'entraîne-

ment qui amenait son mari à cette heure indue ?

Après avoir pesé longtemps les raisons pour et
contre, le professeur se leva, passa une robe de
chambre, chercha à s'affermir dans sa courageuse
résolution, et ouvrit la porte de son cabinet sans
bruit. A pas de loup, il se dirigea vers la chambre
de Mme Turck, prêta l'oreille et entendit des signes
trop distincts d'un sommeil paisible.

Je serais coupable de la réveiller, se dit M. Turck,
heureux d'avoir été arrêté par un obstacle, si faible
qu'il fût, et il revint se coucher tranquillement;
mais, le lendemain à déjeuner, le professeur se
montra d'une galanterie inaccoutumée pour la pauvre femme, qui n'avait pas été habituée à ces chât-
teries depuis son mariage. Par de douces paroles,
par de petits soins, par mille caresses, M. Turck
semblait un gros chat ronronnant qui fait le gros
dos et vient se frotter contre la chaise de sa
maîtresse. Sur les midi, le professeur proposa à sa
femme un petit tour de promenade dans le jardin
botanique, et, pendant cette sortie, M. Turck se
montra si affectueusement expansif que tous les
griefs de Mme Turck tombèrent tout à coup. Aux yeux
d'un étranger, l'anthropologiste eût paru affecter
de donner à sa conversation un tour particulier,
car M. Turck, botaniste distingué, ramenant tout

aux amours des plantes, prenait à tâche d'expliquer
à sa femme les tendres mystères des fleurs, leurs
unions charmantes et jusqu'à leurs coquetteries.
Il la conduisit ainsi jusqu'aux serres, dont les
honneurs lui furent faits par le célèbre jardinier
Puppenstil, qui, sur la demande de M. Turck, pro-
duisit une plante rare dont les pétales recherchent
plusieurs générateurs.

Mme Turck écoutait ces détails les yeux baissés,
la poitrine un peu agitée : elle en devinait le sens
plutôt qu'elle ne le comprenait exactement, et peut-
être regrettait-elle en secret que son *mari* fût si
savant sur l'union des carnassiers, des poissons, et
négligeât complètement la sienne propre ; mais ses
réflexions ne l'empêchèrent pas de s'extasier sur la
beauté de la coupable fleur qui, malgré ses débor-
dements, était une plante de l'aspect le plus tendre.
Qui eût pu croire aux perpétuelles infidélités de
cette fleur rose, d'un aspect languissant, et qui
cependant renfermait tant d'ardeurs ? La femme du
professeur s'enthousiasma si vivement sur la couleur de cette fleur, que le jardinier Puppenstil se
crut obligé de lui en offrir une et de lui en promettre
chaque semaine pendant l'époque de la floraison.
Après quoi, M. et Mme Turck quittèrent la serre,
étonnés de leur propre bonheur, se disant combien

de belles journées perdues sans douces confidences,
combien de mois, combien d'années traversés par
la science, qui avaient écarté jusqu'alors les mille
tendresses du présent! M. Turck en arrivait presque à médire de l'anthropologie : mais il promettait
à l'avenir, en ressentant l'influence de cette douce
journée, de consacrer moins de veilles à la science,
plus de temps à l'amitié, et le professeur parlait
sincèrement. Quelques minutes d'épanchement
avaient suffi pour enlever la poussière scientifique
qui recouvrait ses sentiments ; pour la première fois
de sa vie, M. Turck ressentait les influences caressantes de sa femme. Le savant avait disparu, l'homme
reparaissait.

En rentrant pour dîner, M. Turck jeta les yeux,
en attendant que le couvert fût mis, sur les revues
et gazettes scientifiques qui lui arrivaient de Paris.
Tout à coup le professeur poussa un cri :

— Ah ! ces poissons !

Il se lève, court à son cabinet, décroche un sac de
de nuit, y fourre quelques chemises, un paquet de
tabac, et revient embrasser sa femme.

— Mme Turck, je pars pour Paris.

— A Paris, y pensez-vous? Qu'allez-vous faire?

— Ah! ces poissons, ma chère femme, ces poissons !

— Quels poissons ?

— Je n'ai pas le temps de t'expliquer... On m'a volé ma découverte : je voudrais déjà être arrivé.

Le savant était visiblement ému : les veines de son front gonflaient.

— L'*aquarium*, s'écriait-il, ils m'ont devancé avec leur *aquarium !*

— Mais, mon ami, ne m'aviez-vous pas promis de passer la soirée avec moi seule ?

— Il faut que je prenne la poste.

— Ainsi, vous me quittez, monsieur ? dit sa femme d'un ton de reproche.

Mais le professeur n'y prenait garde.

— Ma femme, tu liras cette brochure, elle t'expliquera tout. Cet aquarium, j'aurais dû y penser plus tôt ! Certainement, des poissons convenablement nourris et soignés doivent féconder dans une proportion effrayante... Il y a de quoi nourrir toute la France ; on peut renouveler le miracle de l'Evangile avec un aquarium.

Ces raisons ne pouvaient contenter Mme Turck, qui laissa échapper pour la première fois quelques paroles amères contre la science.

— C'est de ta faute, s'écria le professeur. Les femmes sont toutes de même : tu me tracasses, tu ne me laisses pas un moment de repos, tu es toujours pendue après moi, et la science en souffre. Sans mon mariage, j'aurais pensé à un aquarium.

Mme Turck leva les mains au ciel, comme pour le prendre à témoin combien peu les devoirs conjugaux avaient nui au développement des idées de son mari.

— Embrassons-nous, dit le professeur, je veux être ici avant huit jours ; j'aurai tiré l'aquarium au clair et nous penserons à notre affaire.

Sans s'inquiéter des yeux mouillés de sa femme, M. Turck partit et ne fuma pour ainsi dire qu'une seule pipe pendant ses trois jours de voyage en poste. Il était préoccupé de la question des poissons, et tout en bourrant sa grosse pipe de porcelaine, il cherchait à s'étourdir dans les flots de fumée sur les chagrins que lui causait la découverte des savants parisiens. A peine arrivé, le professeur se fit conduire au Collége de France, et là il put se convaincre de la véracité des faits relatés par le mémoire scientifique qui avait déterminé son voyage. Il était trop vrai qu'un autre avait trouvé le moyen d'empoissonner les rivières, et la constatation de cette découverte fit réellement plaisir à M. Turck, car, en réel savant, il n'était pas jaloux de ses confrères ; au contraire, il les admirait hautement, et s'il se gendarmait quelquefois quand une découverte était proclamée, c'était contre lui-même, contre la faiblesse de son intelligence et contre la pauvreté de ses efforts inventifs.

Au lieu de revenir immédiatement à Strasbourg, M. Turck profita de son séjour à Paris pour renouer des relations, fréquenter les séances de l'Académie des sciences, courir les salons académiques où se réunissent les savants, étudier le Jardin des Plantes, suivre les cours comme simple étudiant, et il fallut une lettre de sa femme pour lui rappeler qu'il était marié. Mme Turck s'inquiétait de l'absence de son mari ; elle lui rappelait ses promesses, et à chaque ligne sa tendresse s'épanchait en affectueux reproches. M. Turck répondit qu'il prendrait la poste l e lendemain ; mais comme il faisait sa malle un étranger se présenta, qui lui demanda quelques minutes d'entretien. C'était un homme grand et sec, à cravate blanche roulée en ficelle, porteur d'un habit noir râpé, les yeux ardents, et sur les joues des caves parcheminées au fond desquelles logeaient en société la science et la misère.

L'inconnu tira de la poche de son habit une longue fiole de forme pharmaceutique, la présenta à la lumière et s'écria :

— Monsieur Turck, vous êtes le premier à qui j'ose montrer les résultats de génération spontanée.

Le professeur devint sérieux, desserra sa cravate

et, plein d'émotion, regarda avec attention les ani-
malcules presque imperceptibles qui nagaient dans
l'eau de la bouteille.

— Je n'y crois pas, s'écria l'anthropologiste.

— Alors, dit l'inconnu d'un ton amer, on est aussi
obstiné à la Faculté de Strasbourg qu'à l'Académie
des sciences.

C'était attaquer le savant par son côté faible. La
province, qui se connaît certains défauts, n'aime pas
qu'on ajoute à ceux-ci les fautes parisiennes.

— Eh bien ! monsieur, dit M. Turck, puisque vous
m'accusez d'enquête académique, j'emporterai votre
fiole. Vous m'expliquerez comment vous procédez ;
j'étudierai la question à Strasbourg, et, si vous pouvez prouver la génération spontanée, je m'engage,
foi de professeur, à mettre en lumière votre découverte.

L'inconnu poussa un petit rire sardonique et demanda au professeur si ses dernières paroles étaient
sérieuses.

— Est-ce que, si vous aviez fait une découverte
importante, monsieur Turck, vous iriez la confier à
un de vos confrères ?

— Alors, monsieur, que prétendez-vous de moi ?

— J'ai jeté les yeux sur vous, monsieur Turck,
parce que vous n'appartenez pas à l'Académie, et

que j'ai confiance en un savant modeste de province, qui ne sacrifie ni à l'ambition ni à l'amour-propre.

M. Turck, frappé de ce compliment, offrit une chaise à son visiteur.

A cette époque, la question de la *génération spontanée* était à l'ordre du jour. D'illustres professeurs, tels que Lamarck et Geoffroy-Saint-Hilaire, ne la repoussaient pas entièrement. En effet, c'est une question qui remuera toujours les grands esprits philosophiques, à savoir qu'un animal naît de *rien*, sans père ni mère ; mais il fallait le prouver.

Lamarck et Geoffroy-St-Hilaire n'avaient jamais pu dépasser les derniers degrés de l'échelle animale : ainsi les vers des cadavres représentaient pour eux la formation d'un corps vivant sans le secours de rien. Si quelques esprits hardis avaient profité de cette concession pour remonter immédiatement à Adam, l'école les avait mis au ban de la science comme de purs excentriques.

Aussi M. Turck, craignant de se laisser entraîner dans un précipice anti-scientifique, se prit à réfléchir sur le danger de cette confidence et sur la gloire qu'il pouvait en retirer.

— Voici, monsieur, ce que je vous demande, dit l'inconnu, d'assister à mes expériences, de constater la virginité des matières premières que j'emploie, et de vous assurer de la génération spontanée qui en résulte. Mais il me faut huit jours de votre temps.

— J'accepte, s'écria M. Turck, qui prit pour le lendemain matin un rendez-vous avec l'homme.

En effet, les opérations commencèrent avec assiduité le jour suivant, si intéressantes que le professeur en oublia sa femme encore une fois. Il fallut une lettre inquiète de la pauvre délaissée, qui écrivait à tout hasard à Paris, se demandant si un accident n'était pas arrivé à son mari, puisqu'une précédente lettre lui annonçait le départ positif de M. Turck.

Cette fois, le professeur répondit, et sa lettre vaut peut-être la peine d'être reproduite :

« Ma chère femme, tu vas comprendre pourquoi je ne suis pas encore à Strasbourg. Un fait immense, qui va révolutionner la science, se prépare. Et avec quoi cette révolution se prépare-t-elle ? Avec un peu de corail, de l'eau distillée et quelques rayons de soleil. J'ai rencontré une sorte d'alchimiste qui m'a initié à ses tentatives, et tous les matins nous fabriquons des êtres vivants. Ils sont petits, il est vrai, presque invisibles, mais qu'importe ! Ils remuent, ils frétillent, ils vivent. Je n'en dors pas. Mon homme n'a voulu lâcher qu'une partie de son secret, car il prétend donner naissance à des animaux de taille considérable. Seulement, il lui faut des années pour faire sortir ces gros animaux du néant, tandis que les espèces d'*alves* que nous avons *créées* jusqu'ici n'ont demandé que trois jours, trois jours d'exposition au soleil d'une fiole renfermant de l'eau distillée et un peu de corail.

» Aucune supercherie n'est possible : les flacons sont hermétiquement fermés, je ne quitte pas mon homme d'une seconde, et j'habite prudemment son galetas, dans lequel je mange sans fermer l'œil, car il faut que je puisse répondre, sur ma réputation d'honnête homme, de la bonne foi des opérations. Tu seras fière avant peu d'être ma femme, car les mémoires que je lancerai sur la génération spontanée rempliront l'Europe de mon nom. Soigne-toi bien, que ton corps soit en repos comme ton esprit.

» Je relis en ce moment tout ce qui a été écrit par les anciens et les modernes sur la génération. Les anciens avaient presque tout dit, témoin Aristote qui prétend que la fréquence des difformités de l'espèce humaine tient à l'insouciance avec laquelle notre espèce accomplit l'acte générateur. Cette belle observation m'a fait frémir. Pense un peu, ma chère femme, si nous avions une fille bossue ou un fils boiteux. Ce sont des choses sur lesquelles on ne saurait trop réfléchir. Il faut de la prudence et beaucoup de sang-froid. Nous en reparlerons à mon arrivée à Strasbourg. Adieu, ma chère femme, accorde-moi encore quelques jours : notre réunion n'en sera que plus affectueuse. »

Mme Turck répondit à son mari qu'elle lui accordait quelques semaines ; il avait seulement demandé quelques jours. Quoique la lettre ne contînt ni récriminations ni reproches, un autre qu'un savant se fût inquiété du parti subit que semblait prendre une femme si aimante jusque-là ; mais M. Turck, tout occupé de ses recherches de génération spontanée, n'y prit pas garde.

Il en était de même chez tous les savants que le professeur fréquentait ; peu d'entre eux purent s'initier au mariage. Il y a entre les femmes et la science des séparations aussi marquées qu'entre le feu et l'eau.

M. Turck passa quelques mois à Paris sans découvrir des faits de génération spontanée plus satisfaisants que ceux du début. Un jour, cependant, il revint à Strasbourg et fut tout étonné de trouver la maison remplie de fleurs de bas en haut. L'escalier était garni de caisses d'orangers, et chaque pièce ornée de jardinières d'une rare beauté.

— Que de fleurs ! s'écriait-il en voyant sa femme.

— J'y ai pris goût pendant votre absence, dit-elle, et pour me distraire, M. Puppenstil a bien voulu me donner des leçons de botanique.

— A la bonne heure, madame la savante, dit M. Turck, qui pinça les joues de sa femme d'un air joyeux, car il voyait dans ce goût une occupation à la faveur de laquelle il lui serait permis de rester désormais dans son cabinet sans en sortir.

Pendant les quelques mois d'absence du professeur, la beauté de Mme Turck s'était complétement épanouie : l'inquiétude mêlée de résignation qui avait paru sur sa physionomie pendant les premiers mois de son mariage s'était changée en une sorte d'humeur de satisfaction dont un teint brillant portait la trace. La vivacité du regard, l'éclat du coloris, la fraîcheur ne laissaient rien à désirer. La poitrine s'était développée d'une façon imposante, et les épaules blanches et majestueuses eussent tenté tout autre qu'un savant ; car chacun en parlait au bal de la Faculté qui eut lieu quelque temps après le retour de M. Turck. Certainement, le professeur eût pu se mettre d'accord avec les doctrines d'Aristote et goûter à ce friand morceau ; mais la vue d'une beauté si triomphante lui fit penser à l'énorme disproportion d'âge qui le séparait de sa femme.

— N'est-il pas trop tard ? se demanda l'anthropologiste qui, affaissé sur lui-même, chétif et frileux, craignait de faire cadeau de trop d'hérédité pater- nelle au rejeton futur.

Ce furent encore de nouvelles recherches dans les livres pour trouver quel résultat pouvait amener une telle union.

— Si Mme Turck savait se contenter de son amour pour les fleurs ! pensa l'anthropologiste, qui ne né- gligeait rien pour entretenir ce goût et engageait fréquemment M. Puppenstil à dîner.

Ce jardinier n'engendrait pas la mélancolie. Vivant à l'air tout le jour, étudiant les plantes plutôt que les livres, il n'avait pas contracté ces habitudes de corps qui font d'un savant une sorte de momie anti- cipée. Vif, alerte, joyeux, M. Puppenstil plaisait généralement par son air ouvert, la pureté de son sang et le brillant de ses yeux. Il avait de bonnes manières, quoique vivant en pleine nature, et sa place était marquée dans les fêtes et festins des membres de la Faculté. M. Turck en fit l'intime de la maison, et dès lors le jardinier eut une grande influence dans le ménage du savant.

Enfin, le mariage de M. Turck fut consacré par la venue de deux jumeaux qui donnèrent pleinement raison aux paroles sacramentelles que prononçait régulièrement à chaque cours le professeur d'anthropologie. La nature et la science se trouvèrent une fois d'accord, quoiqu'on trouvât plus tard dans la ville que les deux enfants de M. Turck, quand ils eurent pris quelque développement, avaient un faux air de M. Puppenstil.

M. Turck, en sa qualité de savant, ne s'aperçut pas de ce détail ; mais plus d'une fois, penché sur ses livres, il cherchait à se rappeler quel mois, quel jour, quelle occasion l'avaient poussé à cette entreprise dont les jumeaux ne permettaient pas de douter.

CHAMPFLEURY.

10

BERCEUSE

L'enfant pleure et crie, il s'agite
Sur le blanc coussin.
Il a soif sans doute ; bien vite
Donnez-lui le sein.

Le petit enfant crie et pleure.
Comment l'apaiser ?
Il faut l'endormir tout à l'heure
Avec un baiser.

La mère lui parle et le presse
Couché dans ses bras.
Mais sa voix, sa tendre caresse
Ne le calment pas.

Vainement il voit son sourire
Qu'il connaît si bien...
Ce que le bel enfant désire,
Nous n'en savons rien.

Essayez donc de mille choses
Pour finir ses pleurs.
Des bluets, des lys ou des roses,
Montrez-lui des fleurs.

L'enfant pleure toujours, il crie ;
Apportez encor,

Pour qu'il s'apaise et qu'il sourie,
　　Son beau jouet d'or.

Mais sa faible main nous repousse,
　　Rien ne l'a tenté,
Quand tout à coup, d'une voix douce,
　　Quelqu'un a chanté...

L'enfant, qui pleurait, fait silence.
　　Ah ! qu'il est charmant !
Qu'on le couche et qu'on le balance...
　　Faites promptement.

La couchette où l'enfant repose
　　Fait un bruit rhythmé ;
Voilà pourtant la seule chose
　　Qui nous l'ait calmé.

Tu ne peux encor nous comprendre,
　　On te parle en vain,
Mais le rhythme, tu veux l'entendre,
　　Le nombre divin !

D'où viens-tu donc, pour qu'il te reste
　　Des regrets pareils ?
Connais-tu la chanson céleste
　　Des lointains soleils ?

Puisque, nouveau venu sur terre,
　　Rien ne te plaît tant
Que le rhythme plein de mystère
　　Du berceau chantant !

　　　　　　　　　　　JEAN AICARD.

LES TROIS CHUTES DE ROBERT LE DIABLE (¹)

I

Robert le Diable fut représenté pour la première fois le 21 novembre 1831. A cette époque, j'étais un bien petit monsieur, ce qui ne veut pas dire que je sois devenu un grand personnage. J'avais vingt ans à peine ; j'étais censé faire ma seconde année de droit ; mais, en réalité, je ne m'occupais que de littérature et surtout de musique. Chose singulière ! ce fut un professeur de droit qui devint le complice de ma passion musicale.

Si vous avez lu *Judith*, jolie nouvelle d'Eugène Scribe, vous y aurez aperçu la spirituelle silhouette de ce professeur, qui s'appelait P... (²) et qui avait fait de sa journée deux parts. La matinée appartenait à Justinien, à Cujas, à Merlin et à Barthole ; la soirée à l'Opéra et aux Italiens. C'est là, un des der-

(¹) Tiré des *Souvenirs d'un vieux Mélomane* (Calmann-Lévy, éditeur).
(²) Poncelet. (*Indiscrétion de* M. Rousseau.)

niers soirs d'*Otello* avec madame Malibran, que
mon professeur reconnut en moi un ami ; il n'avait
pas de place ; je lui donnai la mienne, sous le
fallacieux prétexte que j'allais au bal chez l'ambas-
sadeur d'Angleterre. Il n'en crut pas un mot, mais
il accepta. Depuis lors, nous prîmes l'habitude de
nous rencontrer, à la sortie de l'Ecole, dans la
grande allée du Luxembourg. Bientôt ces rencontres
devinrent des rendez-vous, où tous les composi-
teurs, depuis Gluck jusqu'à Rossini, tous les chan-
teurs, depuis Clairval jusqu'à Ponchard, tous les
virtuoses, depuis Viotti jusqu'à Baillot, toutes les
cantatrices, depuis madame Branchu jusqu'à madame Damoreau, tous les opéras, depuis *Castor et
Pollux*, jusqu'à *Guillaume Tell*, étaient passés en revue, analysés, commentés, loués, critiqués, discutés.
Au bout de trois mois je montai en grade : nous
nous tutoyâmes.

Cependant, on commençait à parler de la pro-
chaine apparition de *Robert-le-Diable*, comme on
parle à Paris de l'ÉVÉNEMENT qui va dominer tous
les intérêts, toutes les inquiétudes, tous les débats,
toutes les rumeurs. Certes, je ne voudrais pas assi-
miler le mois de novembre 1831 au mois de décembre 1877 ; autant vaudrait comparer un épervier à
une orfraie, un loup à un tigre, un rhume à une

pleurésie, l'ombre d'un nuage aux ténèbres d'une
nuit d'hiver, une averse à une trombe, une lézarde
à une ruine, un tombeau à un cimetière. Pourtant,
puisque je suis en train de vous renvoyer aux lec-
tures de cette époque, ouvrez la préface des *Feuilles
d'Automne*. Le poète y énumère avec une complai-
sance hautaine les sujets d'anxiété qui hérissaient
le seuil de l'année 1832 ; émeutes, révolutions,
guerre au dehors, guerre civile, choléra, courroux
des puissances étrangères, réveil des sociétés se-
crètes, disette, famine, faillites, écroulement de
la fortune publique et des fortunes privées ;
c'est à faire frémir. Eh bien, depuis les premiers
jours de novembre, on ne s'abordait que pour
se dire : « *Robert-le-Diable* ? — Faut-il croire tout
ce qu'on en raconte ? — Quel est donc ce nouveau
compositeur ? Y a-t-il moyen d'avoir une place
pour la première représentation ? — Impossible.
Tout est loué d'avance jusqu'à la quinzième !... »
Vous le voyez, les Parisiens sont toujours les
mêmes, et, si Bismarck, Manteuffel, Gambetta,
Raoul Rigault, la défaite et le siége, la rançon et la
Commune, les massacres et le pétrole, ne les ont
pas changés, c'est qu'ils ne changeront jamais.

Notons un détail essentiel, sans lequel le reste
de mon récit paraîtrait trop invraisemblable. Quelle

que fût la curiosité éveillée par ce titre : *Robert-le-Diable*, si bien approprié à un moment où le moyen âge, le romantisme et le fantastique s'emparaient de toutes les imaginations, Meyerbeer n'était pas encore, tant s'en faut, une *étoile* de première grandeur. Son nom n'était arrivé qu'à l'oreille de quelques dilettantes. Ses meilleurs opéras, *Il Crociato*, *Marguerite d'Anjou*, le laissaient au rang des imitateurs de Rossini. On conçoit dès lors que son génie rencontrât bien des incrédules, que son succès parût douteux, que ses perplexités fussent très-vives, que le moindre incident aggravât ses angoisses. S'il est vrai, comme nous le savons tous, que, même dans toute la plénitude de ses triomphes et de sa gloire, un rien suffit à le troubler, on comprendra ce que furent pour lui ces journées préventives. Avant les *Huguenots* ou le *Prophète*, les chances de succès ou de chute signifiaient pour Meyerbeer : se maintenir ou descendre. Avant *Robert-le-Diable* : être ou ne pas être.

Ces réflexions ne me vinrent que plus tard ; pour le moment, assister à la première représentation de *Robert* me semblait quelque chose d'aussi impossible qu'au rôdeur famélique d'être invité à manger la dinde truffée qui s'étale derrière la vitrine de Chevet, au gamin de Paris de s'installer dans l'élé-

gante voiture dont il vient d'ouvrir la portière.
Aussi, quelle ne fut pas mon émotion, lorsque mon
ami le professeur, accouru à notre rendez-vous
habituel, me dit brusquement : « Viens vite ! je te
mène chez Meyerbeer !.... »

Une demi-heure après, nous entrions hôtel des
Princes, au bout de la rue de Richelieu, dans le modeste appartement qu'occupait l'auteur de *Robert-
le-Diable*. Il avait alors trente-huit ans. La sta-
tuaire et la gravure ont popularisé, depuis lors, ce
profil anguleux et expressif, ce visage tout en relief,
où la saillie du menton et l'arc à demi tendu de
la bouche donnaient un démenti à la beauté du
front et à la profondeur du regard. Le haut de la
figure était d'un grand artiste ; le bas, d'un rusé
diplomate.

Meyerbeer reçut M. P... avec la cordialité d'un
ami; le professeur me présenta comme son neveu,
et, se fût-il appelé Rohan ou Montmorency, je
n'aurais pas été plus fier de cette subite parenté.
Aussi poli que M. de Coislin, Meyerbeer se livrait
évidemment à des efforts inouïs pour rester calme,
pour nous dire des paroles bienveillantes, pour
forcer au sourire ses lèvres et ses yeux. Il n'y
réussissait pas ; son agitation était si extraordinaire, sa consternation si insurmontable, que

l'approche de la grande bataille (c'était pour le surlendemain) ne suffisait pas à l'expliquer. A la fin, il me regarda fixement et m'adressa cette question bizarre :

— Jeune homme, quel âge avez-vous ?

— Dix-neuf ans... (Je me rajeunissais de quinze mois.)

— Et vous n'avez jamais assisté à une première représentation ?

— Jamais !... (Je mentais ; j'avais été, le 25 février 1830, un des claqueurs de *Hernani*.)

Son agition redoublait. Il se mit à arpenter son petit salon attenant à sa chambre à coucher, en murmurant des phrases incohérentes.

— Oui, c'est bien cela !... Pourquoi ce jeune homme ne conjurerait-il pas le mauvais sort ? Si j'étais joueur, si j'avais tout perdu sauf un dernier billet de banque, et si j'avais sous la main un jeune homme qui n'eût jamais joué, je l'enverrais de l'autre côté de la rue, à Frascati... jouer pour moi, et peut-être ramènerait-il la fortune... Pourquoi n'en serait-il pas de même de cette partie terrible que je vais jouer après-demain ?... égal de Rossini, ou inférieur à Carafa !...

Le professeur crut devoir intervenir :

— Voyons, cher maître, bon courage ! Pouvez-

vous être inquiet, quand personne, à l'Opéra, ne
doute d'un immense succès ? J'ai dîné hier au café
de Paris avec Véron ; il prétend que *Robert* va le
rendre millionnaire... Nourrit, Levasseur, madame
Damoreau, sont enchantés de leurs rôles... On parle
d'un certain ballet des nonnes qui séduira les plus
revêches... Vous seul doutez de vous-même...

— Ah ! mon ami, mon ami ! bégaya le compositeur, pâle et blême comme s'il avait à ses trousses
tous les matassins de *M. de Pourceaugnac.*

— Il y a donc quelque chose ?

— Oui, mais promettez-moi, ainsi que votre neveu,
de ne pas trop vous moquer d'un pauvre fou !...

— Moi ! me moquer d'un homme que j'admire
comme tout Paris l'admirera dans six jours, comme
toute l'Europe l'admirera dans un an !...

— Eh bien ! je n'ai pu résister à une tentation
absurde... Mademoiselle Lenormand est ma voi-
sine...

— Quoi ! cette vieille sorcière vit encore ?...

— Oui, mon ami... Elle loge rue du Hasard...
nom bien assorti à une devineresse. Je suis allé la
consulter ce matin, et c'est pour cela que vous me
trouvez si perplexe.

— Que vous a-t-elle dit ?

— Naturellement, je lui ai demandé le grand

jeu... Oh ! je ne lésinais pas ! Sans me connaître,
elle mourait d'envie de me donner une réponse fa-
vorable. Hélas ! peine inutile. Elle a recommencé
dix fois ; dix fois les cartes... ont ramené cet oracle
impitoyable « UNE CHUTE ! DEUX CHUTES ! TROIS
CHUTES ! »

M. P... essaya de plaisanter :

— Je regarde autour de moi, s'écria t-il, et je me
demande si je suis dans un salon de la rue de Richelieu ou sur le sommet du Brocken ! Ah ! cher
maître, voilà ce que c'est que de vivre, depuis deux
ans, en intimité avec le diable ! Je comprendrais
vos terreurs, si un personnage du *Second Faust*
vous avait pris au collet en vous disant : « Tu tom-
beras ! » Encore faudrait-il une certaine mise en
scène... Le cor d'Oberon, ou la fonte des balles du
Freyschütz ! Une clairière dans la forêt Noire ! La
lune éclairant une nuit de Walpurgis. Une ronde
de sorcières autour d'une chaudière ou sous les arceaux d'un cloître profané !... Mais, à Paris, sous
le règne bourgeois de Louis-Philippe, au milieu
des fils de Voltaire ! Allons donc ! D'ailleurs, une
chute, deux chutes, trois chutes, cela n'a pas de
sens ! c'est deux de trop ! Si deux négations valent
une affirmation, pourquoi trois affirmations ne vau-
draient-elles pas une négation ?

— Rien de plus clair, au contraire, répliqua Meyerbeer. Trois chutes, cela signifie que mon opéra
tombera trois fois, ou, en d'autre termes, qu'on le
donnera trois fois, pour se conformer à l'usage,
pour que les abonnés du vendredi et du lundi n'aient
rien à envier à ceux du mercredi... Après quoi,
rayé de l'affiche... le gouffre, le néant, l'oubli...

— Non, non, le succès, la célébrité, la gloire, le
tour du monde, l'immortalité !...

Nous nous levâmes pour sortir. Meyerbeer nous
laissa aller jusqu'à la porte ; alors, d'une voix qui
me sembla plus mélodieuse que celle de Rubini :

— Jeune homme, me dit-il ; et votre billet ? Croyez-
vous que je vous en tienne quitte ?...

— Moi ! un billet ? mais je n'ai aucun droit... je
ne le demandais pas...

— C'est pour cela peut-être que je vous le donne.
Vous apporterez à mon œuvre la jeunesse, la franchise, la fraîcheur de vos impressions... N'est-ce
donc rien ? Et croyez-vous que, si j'avais le choix,
je ne préférerais pas cent jeunes gens comme vous
à un pareil nombre de dandys blasés ou critiques
malveillants ?... Vous m'applaudirez bien fort,
n'est-ce pas ?... Voyons vos mains ! Bien ; longues
et sèches .. des mains de pianiste.. Moi aussi
j'ai commencé par là ; j'étais un virtuose... j'aurais

dû peut-être ne pas viser plus haut... A présent, il
est trop tard.

Il tira de sa poche un billet ; puis, s'adressant au
professeur :

— Je ne veux pas, lui dit-il, comme Robert, mon
héros, ne *faire les choses qu'à demi*... Voilà le billet
de votre neveu ; vous avez le vôtre. Maintenant,
voici ma carte... Vous allez traverser le boulevard
et passer chez Leduc, le chef du contrôle ; vous le
prierez, de ma part, de changer un de vos billets,
de façon à vous placer l'un à côté de l'autre...
Adieu... au revoir !... Si j'avais l'honneur d'être
catholique, je vous dirais : Priez pour moi !...

Nous sortîmes, après de nouveaux remercîments
qu'il ne voulut pas entendre. Une fois dans la rue,
mon compagnon me serra le bras avec un singulier
mélange d'émotion et de joie.

— Cette tireuse de cartes a du bon, me dit-il ;
c'est à elle peut-être que tu dois ton billet... Car,
décidément, notre pauvre grand homme avait un
peu perdu la tête. Qui sait pourtant ? On a vu, dans
ce genre, des choses si extraordinaires ! La part de
l'imprévu est si large en fait de premières représentations ! Les directeurs de théâtre et les artistes se
sont si souvent trompés ! J'ai plaisanté, et cependant
le malaise de Meyerbeer commençait à me gagner.

Au coin du boulevard, devant le café Cardinal,
nous rencontrâmes Chrétien Urhan, un des types
les plus étranges de cette époque dont la légende
serait peut-être plus curieuse que l'histoire; Chrétien Urhan, premier alto de l'Opéra, surnommé par
ses camarades l'alto du bon Dieu. Peut-être figure-
ra-t-il dans cette galerie. Aujourd'hui, je me borne
à vous dire: Évoquez en idée un moine de
Zurbaran; dépouillez-le de la robe de bure ou de laine
brune pour l'affubler d'une longue lévite noire. Con-
fondez sur ses traits le plus austère ascétisme et le
plus pur amour de l'art; vous aurez Chrétien Urhan.

Le professeur le connaissait; qui ne connais-
sait-il pas, dans cette harmonieuse pléiade? — Nous
sortons de chez Meyerbeer, dit-il, — *Robert-le-Diable*...

— ... Sera un immense succès, reprit vivement
le chef de pupitre; il n'y a pas de doute possible.

— Oui; on parle surtout d'un ballet de nonnes
avec Taglioni pour abbesse...

— Je ne puis en juger, répliqua Urhan avec une
gravité monacale qui ne donnait aucune envie de
rire.

— Ah! c'est vrai!... pardon, j'oubliais. Voilà des
années que vous êtes premier alto de ce lieu de per-
dition... Vous tournez constamment le dos à la

rampe, et vous n'avez pas vu, en dix ans, le bas de
la jambe d'une danseuse... Ce qui ne vous empêche
pas d'être un artiste incomparable... Et le potage
au lait d'amandes du café Anglais, toujours excellent ?

— Parfait.

— Allons, tant mieux !... mes amitiés à Habeneck !

Quand nous l'eûmes quitté, M. P... m'expliqua
que Chrétien Urhan faisait maigre toute l'année ;
qu'il avait un abonnement au café Anglais, où on
lui servait tous les jours un poisson, un légume et
une compote, précédés d'un invariable lait d'amandes aux biscuits à la cuiller.

Le changement de billets s'opéra sans difficulté...
Grâce à la carte de Meyerbeer, M. Leduc fut d'une
politesse digne de son nom. Nous avions les numé-
ros 95 et 97.

— A présent, bonsoir ! me dit le professeur ; si tu
veux, pour être plus sûrs d'arriver exactement à
l'heure, nous dînerons ensemble chez Biffi, dont les
fenêtres donnent sur le péristyle du théâtre... Rendez-vous à six heures très-précises... je n'ai pas
besoin de te recommander d'être exact. Je t'atten-
drai galerie du Baromètre, devant les petits pâtés
de madame Rollet.

Le surlendemain, à six heures cinq minutes, deux *claqueurs* fort émus, un étudiant et un professeur, s'attablaient chez Biffi, le restaurateur italien de la rue Le Peletier, avec la certitude qu'il leur serait impossible de distinguer un faisan d'un geai et une truffe d'un navet. En revanche, mon compagnon s'était fait donner une table d'où nous apercevions tout ce qui se passait dans la rue. Le dîner fut silencieux et court. Nous regardions alternativement nos montres, la pendule du restaurateur, la façade illuminée du théâtre, les barrières qui avaient peine à contenir la foule grossissante. A la première voiture qui s'arrêta sous la marquise, M. P... se leva.

— C'est le moment, me dit-il.

II

On a bien souvent décrit la physionomie des premières représentations ; cette rumeur vague, insaisissable, qui s'exhale de deux mille poitrines, et qui va se changer, pour l'auteur tremblant, en applaudissements sympathiques, en murmures offensifs ou en silence de glace. Sans m'abandonner tout à fait à ces velléités descriptives, je dois rappeler un détail caractéristique. La *première de Robert-le-*

Diable occupe une place à part dans l'histoire de l'Opéra et de la société parisienne. Après une lacune de seize mois, cette mémorable soirée du 21 novembre 1831 remettait en présence, sur un terrain neutre, le faubourg Saint-Germain et l'aristocratie du nouveau régime. On se boudait, on s'observait ; vous auriez dit deux armées ennemies, un jour d'armistice.

Les spectateurs de l'orchestre, en grande tenue, leur lorgnette à la main ou le monocle fixé dans l'arcade sourcilière, échangeaient les noms de ces belles guerrières qui étalaient dans les loges leurs élégances d'antique race ou leur luxe de fraîche date. Rarement on avait vu, même dans cette salle brillante, autant de diamants et de dentelles, de perles et de velours, de beaux yeux et de blanches épaules. Ces reines d'un jour ou d'une saison, je pourrais les nommer ; à quoi bon ? il me semble que j'évoquerais des ombres. Quarante-sept ans ont passé sur ces fronts si purs, sur ces cheveux si noirs, sur ces tailles si sveltes et si souples ; de quoi faire de ces jeunes filles des grand'mères, de ces jeunes femmes des bisaïeules, de ces beautés des fantômes, de ces danseuses des Willis, de ces parures des reliques, de ces robes des suaires, de ces formes des images, de ces images des souvenirs, de ces souvenirs des oublis.

11

On se montrait aussi dans la salle les célébrités d'alors, les hommes de la génération nouvelle, que la politique, l'art, le journalisme, la poésie, le roman, la littérature, désignaient à la curiosité publique ; Eugéne Delacroix et Paul Delaroche, Berlioz et Camille Roqueplan, Balzac et Alfred de Musset, Vitet et Mérimée, Horace Vernet et Decamps, Jules Janin et Alexandre Dumas, Armand Carrel et Armand Bertin, Alfred de Vigny et Casimir Delavigne, Emile Deschamps et Loëve-Weimars... Ceux-là, du moins, se sont survécu dans leurs œuvres. Deux, que je n'ai pas nommés, vivent encore : Victor Hugo et M. Thiers[1] ; pour eux et pour nous, faut-il s'en féliciter ou s'en plaindre ?

A sept heures quinze minutes, on frappa les trois coups.

— Je ne suis pas tranquille, dit tout bas le professeur.

— Ni moi non plus, repliquai-je.

Notre inquiétude dura peu. A peine le merveilleux orchestre, conduit par Habeneck, eut-il fait entendre les premières mesures de l'introduction où s'annonce si clairement la lutte du bon et du mauvais ange ; à peine le rideau se fut-il levé sur

(1) Écrit en 1876.

le chœur si engageant et si vite populaire : « *Versez à tasses pleines !* » nous éprouvâmes un de ces pressentiments que connaissent les habitués des premières représentations, et qui nous disent avant l'auteur, avant les acteurs, avant le public : « La bataille est gagnée ou perdue ! » L'entrée de Robert et de Bertram fut saluée par des applaudissements unanimes. Mais aussi quels artistes ! Nourrit et Levasseur paraissaient si profondément pénétrés de leurs rôles, qu'on se demandait s'ils pourraient redevenir, en sortant, les contemporains du Voltaire Touquet et de la Charte constitutionnelle. Les scènes d'exposition, où l'exquise ciselure des récitatifs supplée à la mélodie retardataire, furent enlevées avec une verve inouïe ; Lafont chanta parfaitement la ballade « *Jadis vivait en Normandie...* » Puis l'on vit apparaître le délicieux personnage d'Alice, sous les traits de mademoiselle Dorus, actrice médiocre, mais cantatrice excellente, qui détailla son premier air : « *Va, dit-elle !* » avec une admirable justesse de nuances. Dès le début, le sujet se dessinait avec une netteté que le public français préférera toujours aux profondeurs germaniques ; et pouvait-il en exister de plus émouvant, de plus humain ? L'homme entre l'ange et le démon.

La scène du jeu, les rentrées si piquantes de

Bertram après chaque coup perdu, la Sicilienne, que l'on a signalée depuis comme vulgaire, mais qui, ce soir-là, parut charmante, tout ce finale éleva le succès à un tel degré de chaleur, que, lorsque la toile tomba, je ne pus retenir un effroyable calembour :

— Il me semble que la Normande en sait plus que Lenormand.

— Le fait est, me répondit le professeur, que, s'il y a chute, je vais le dire... à la patrie du droit romain...

Le second acte est peut-être le plus faible de la partition. Meyerbeer, on le sait, conciliateur avant d'être maître, y a fait un dernier sacrifice aux formules italiennes. Mais le talent de madame Damoreau l'ardeur chevaleresque de Nourrit, le joli ballet où Perrot servait de partenaire à mademoiselle Noblet et à sa sœur, ne laissèrent pas l'enthousiasme se refroidir un seul moment. Isabelle, assez peu dramatique d'ordinaire, mit un tel accent dans la cavatine : « *La trompette guerrière* », elle tint si vaillamment tête à l'orchestre et au chœur, que les bravos redoublèrent. Dans l'entr'acte, nous allâmes faire un tour au foyer. M. P... y rencontra une foule de ses amis et connaissances. — Quand même les trois derniers actes seraient faibles, leur dit-il, le succès est lancé...

— Et, quand même les deux premiers actes seraient tombés à plat, répondit Cicéri, le troisième
suffirait à faire dix mille francs de recette pendant
deux cents représentations.

Je me garderai bien d'analyser ce troisième acte,
que vous savez tous par cœur et dont un railleur
impitoyable a dit : « que Meyerbeer avait mis le
fantastique à la portée des bourgeois de la rue
Saint-Denis ». Ce soir-là, la rue Saint-Denis compta
beaucoup de bourgeois, ou plutôt l'émotion univer-
selle infligea d'avance un démenti au sarcasme de
Henri Heine. Après le duo bouffe, Levasseur, resté
seul en scène, dit avec un irrésistible mélange de
diabolique amertume et de mélancolie *humaine* son
monologue coupé par le célèbre chœur des démons.
Ce chœur, chanté dans des porte-voix ou des cor-
nets à bouquin, a fini par tomber dans le domaine
de la parodie ; mais, à cette première représentation, l'effet fut prodigieux. Ecoutez ! écoutez ! Quel
contraste ! La ronde infernale a passé comme une
tempête. Une suave ritournelle dissipe ce nuage de
feu, fait taire ces ricanements sinistres. Le calme
succède à l'orage, l'ange du pardon au Maudit.
Mais il faut que le drame fasse un pas de plus ; là
romance d'Alice : « *Quand je quittai ma Normandie...* » ramène Bertram sur le théâtre, et nous

assistons aux premières phases de la lutte. Ivre de
désespoir et de colère, le tentateur trahit son
incognito. Après avoir épouvanté la jeune fille, il
s'efforce de la séduire ; il ose porter ses mains sa-
criléges — ses griffes mal déguisées — sur la mes-
sagère de salut. Elle le repousse avec horreur,
s'élance vers la croix plantée au fond de ce sauvage
décor, l'enlace énergiquement de son bras gauche,
et... patatras !

La croix, mal fixée au plancher, vacille, s'ébranle
et tombe. Heureusement, mademoiselle Dorus sauta
à bas du piédestal avec une agilité de danseuse et
disparut un moment dans la coulisse ; sans quoi
la gentille Alice aurait été gravement contusionnée.
Le public était déjà *empoigné* d'une telle façon que
cet accident passa presque inaperçu. Quelques spectateurs crurent même qu'il était dans la pièce et
que cette CHUTE résultait des maléfices de Bertram.
D'ailleurs, Nourrit entrait en scène. Le trio sans ac-
compagnement, le duo des *Chevaliers de ma patrie...* furent applaudis avec enthousiasme. Cet enthousiasme devint presque du délire lorsque, à
l'aide d'un changement à vue masqué par un immense nuage d'où Satan s'engouffrait dans les abîmes de l'enfer, le théâtre nous montra le merveilleux cloître de Sainte-Rosalie, copié d'après les

arceaux intérieurs de Saint-Trophime. Un frémissement de plaisir, mêlé de ce vague effroi qui est
une volupté de plus, parcourut la salle, pendant
que les feux follets voltigeaient dans l'espace, pendant que la voix cuivrée de Levasseur entonnait la
fameuse évocation :

Nonnes qui reposez sous cette froide pierre !

Tout ce que rêvaient, depuis cinq ou six ans, les
imaginations éprises de romantisme, tout ce que
nous avions entrevu dans les *Ballades* de Victor
Hugo, dans les traductions de Bürger, de Schiller
et de Gœthe, se réalisait sous nos yeux, embelli de
tous les enchantements de la musique, du décor et
du drame. Bientôt l'émotion redoubla. Bertram
s'était caché dans les profondeurs du cloître. Nous
vîmes les pierres tumulaires se soulever peu à peu,
tandis que l'orchestre nous préparait, par une mélo-
pée fantastique, à cette nouvelle ronde du sabbat.
Le tombeau de l'abbesse, placé en avant des autres,
nous avait déjà laissé reconnaître mademoiselle
Taglioni. Tous les regards étaient fixés sur cette
espèce de couvercle funèbre qui montait, montait
par saccades, et se rapprochait de la ligne perpen-
diculaire, afin que le gracieux fantôme pût se trouver debout sur ses pieds. Tout à coup une des char-

nières se rompit; le couvercle retomba lourdement;
mais, pendant cet instant, plus rapide que l'éclair,
mademoiselle Taglioni avait deviné le péril. Prélu-
dant à son rôle de sylphide, elle s'était rapidement
détachée, comme un bas-relief vivant, de cette pierre
sépulcrale — qui était une planche, — et, d'un bond
prodigieux, elle alla tomber ou rebondir dans le
groupe de ses compagnes, les *étoiles* de ce temps-là:
mesdemoiselles Duvernay, Legallois, Julia et Mon-
tessu. L'épisode ne dura pas plus de vingt secondes,
et, loin de compromettre le succès, y ajouta je ne
sais quelle sensation de réalité qui le rendit plus
ardent. Mais ce fut assez pour le professeur et pour
moi. Au moment où la croix était tombé, nous
nous étions seulement regardés. Après la chute
triomphale de mademoiselle Taglioni, M. P...let
se pencha à mon oreille et me dit à demi-voix :

— Et de deux ! je commence à comprendre.

Le quatrième acte est très-court. L'air : « *Grâce !
grâce !* » chanté par madame Damoreau avec une
perfection passionnée — la plus rare de toutes, —
maintint l'atmosphère à ce degré de chaleur séné-
galienne qui semblait près de faire éclater la salle.
Puis, le rideau se leva sur le chœur des moines :
« *Malheureux ou coupable !* » digne de Bach ou de
Hændel. Le génie du compositeur, l'inspiration des

artistes, la beauté du sujet, s'étaient si puissamment
emparés de l'auditoire, que nous éprouvions une impression bizarre. Alice cessa d'être à nos yeux une
humble pèlerine. Elle prit des proportions surna-
turelles ; volontiers, nous l'aurions suivie dans
cette croisade des esprits célestes contre l'esprit de
l'abîme. Aussi, quand le sublime trio commença,
lorsque Bertram, dans son égoïsme paternel, tira
de sa poitrine bronzée par les flammes infernales
des accents merveilleusement pathétiques, lorsque
Alice, grandissant avec sa mission, fit face à son terrible adversaire et déploya sur la tête de Robert le
testament de sa mère, quand Robert, partagé, dé-
chiré entre la voix qui l'entraîne et la voix qui le
rappelle, ne sut plus exhaler que ce cri de désespoir :
« *Ayez pitié de moi!* » nous eûmes tous notre enjeu
dans cette lutte suprême. Ce qu'il y a d'un peu factice
dans toute action théâtrale s'absorba dans l'an-
goisse commune ; ou plutôt ce ne fut plus une représentation dramatique avec orchestre, décors, personnages et costumes. Nous crûmes voir, résumée
dans cette scène, l'âme du moyen âge tout entier,
la grande cause de l'humanité suspendue, depuis des
siècles, sous la main divine qui l'arrache au démon
et la griffe qui la dispute à la miséricorde divine.

Ici M. P... me poussa le coude :

— Nourrit est trop dans son rôle ; la situation l'emporte, me dit-il tout bas ; j'ai peur...

Au même instant, un cri, de surprise chez les uns, d'épouvante chez les autres, répondit aux dernières notes du trio. Bertram et Robert avaient disparu tous deux dans la trappe.

Voici ce qui était arrivé.

Le grand artiste, par un geste dont mademoiselle Falcon devait tirer plus tard un admirable parti, avait abandonné une de ses mains à Bertram, et de l'autre, ramenée derrière son dos, il appelait au secours de sa détresse l'étreinte de sa chère Alice, qui, en se cramponnant à cette main, devait retenir Robert au bord du gouffre. Mademoiselle Dorus ne comprit pas ou fut en retard d'une seconde. Faute de ce point d'appui, Nourrit perdit l'équilibre, et, avant que la trappe fût fermée, il suivit Bertram dans sa CHUTE.

Par bonheur, le fond de cale du grand vaisseau de l'Opéra avait été largement rembourré de matelas et de couvertures. Nourrit tomba à côté de son camarade Levasseur, qui ne s'était pas encore relevé, et qui lui dit sans bouger de place :

— On a donc changé le dénouement ?

— Non ; c'est moi qui suis fou... la situation... l'émotion... le vertige...

— Rien de cassé ?...

— Rien... Mais que va penser le public ? Pourvu
que le succès ne soit pas compromis !

Le succès n'en fut que plus éclatant. Seulement,
une agitation extraordinaire régnait dans toute la
salle. Les musiciens de l'orchestre, les spectateurs
qui avaient assisté à la répétition générale et qui
connaissaient le vrai dénouement, étaient encore
plus inquiets que les autres. Le rideau, qui s'était
brusquement baissé, se releva presque aussitôt. Un
monsieur, cravaté de blanc, vêtu de noir, nous dit
que Nourrit n'avait aucun mal ; qu'il demandait
une minute pour se remettre, et que le dénouement
de *Robert-le-Diable* allait être rétabli.

Nourrit reparut. Il était pâle, mais soutenu par
cette fièvre du succès qui fait vivre ou qui tue.
Quelle ovation ! On comprend que l'artiste, après
avoir passé par de tels moments, perde le sentiment
des proportions entre le vrai et le faux, la réalité
et l'idéal, le bien et le mal, la vie et la mort. Robert se jeta dans les bras d'Alice, plus tremblante
que lui ; après quoi, une figurante, ajustée et voilée
de manière à doubler la princesse Isabelle, s'em-
para du pécheur repentant et le conduisit à l'autel.
Heureuse époque, où le contrat, les publications,

les affiches et le mariage civil eussent été traités de formalités inutiles !

. Tandis que retentissait et se prolongeait un tonnerre d'applaudissements à faire crouler la salle, tandis qu'on nommait les auteurs et qu'on rappelait les acteurs, le professeur me dit :

— Je n'y tiens plus ! j'étouffe ! il faut absolument que je voie Meyerbeer ce soir ! Viens !

Il avait ses entrées dans le foyer des artistes, et on me permit de le suivre. Nous nous fîmes jour, à grand'peine, jusqu'à Meyerbeer. Encore plus pâle que son interprète, il était entouré de ses quinze amis de la veille et de ses quinze cents amis du lendemain qui le saluaient de leurs cris enthousiastes. Il nous aperçut ; perçant la foule, il courut au professeur, lui prit les mains, et les serra avec effusion.

— Eh bien ! nous dit-il d'une voix entrecoupée, vous aviez raison, et mademoiselle Lenormand n'avait pas tort... Brave Nourrit ! j'en frémis encore !... Ah ! jamais, jamais on ne reverra de pareils artistes ! Le compte y est... UNE CHUTE... DEUX CHUTES... TROIS CHUTES !

— Oui, cher et illustre maître, — et un succès qui va retentir dans le monde entier !

Meyerbeer se tourna vers moi :

— Et vous, ajouta-t-il, êtes-vous content de votre soirée ?

— Oh ! Monsieur !...

— Vous m'avez porté bonheur, mon jeune ami... J'ai idée que nous nous reverrons.

Nous nous sommes revus, en effet ; de cette soirée *inoubliable* data, entre nous, une liaison que le grand compositeur voulait bien appeler de l'amitié et qui, pendant trente-trois ans, ne s'est pas un moment démentie. J'y cueille, en finissant deux détails assez curieux. Pendant ces trente-trois ans, Meyerbeer a toujours cru que j'étais excellent musicien ; — et pas une seule fois, il n'a eu l'air de s'apercevoir de son immense supériorité ; pas une seule fois, il ne m'a fait sentir ou laissé deviner qu'il était Meyerbeer, et que je n'étais que môsieu ou *moussù*.

A. DE PONTMARTIN.

LE ROSIER

Il a vécu sur un tombeau
Le rosier fleuri que j'arrose ;
Le mystère du froid caveau
S'épanouit dans chaque rose !

Sur le tombeau d'un pauvre enfant,
D'un pauvre enfant qui fut mon frère !
Il avait ses fleurs à tout vent,
Et ses racines dans la bière.

Un simple marbre a tout couvert :
Le buis n'y vient plus en bordure ;
Le thuya, l'arbre toujours vert,
N'ombrage plus la sépulture ;

Le deuil a parfois son dédain :
On a proscrit tout ce qui tombe,
Et j'ai planté dans mon jardin
L'humble rosier, fils de la tombe !

Parmi les autres confondu,
Nul regard ne peut le connaître ;
Dans la corbeille il est perdu ;
Seul je le vois de ma fenêtre ;

Et j'hésite en le comparant :
Mêmes parfums et même tige :

Sur sa corolle, indifférent,
Le papillon plane et voltige ;

Son feuillage est aussi léger,
Sa fleur n'est pas plus tôt flétrie ;
Rien ne trahit, pour l'étranger,
La première et sombre patrie !

Mais souvent, au déclin du jour,
Quand la foi rêve, ou bien le doute,
Seul, je m'approche avec amour,
Je l'interroge et je l'écoute ;

Alors, je le vois frissonner
Au souvenir que je réveille ;
Chaque rameau semble incliner
Vers ma lèvre sa fleur vermeille ;

Il me parle du cher blondin,
Endormi dans la paix profonde ;
Et fait passer dans mon jardin
Comme un souffle de l'autre monde !

Eugène MANUEL.

ROUGE, BLANC ET NOIR

I

Voici comment le sage Lockmann raconte la mort du prince Tidja, ainsi que les circonstances qui l'ont précédée :

Un matin, un matin d'hiver, le prince sortit du palais par la petite porte du jardin et se trouva bientôt dans la campagne. Il s'enfonça dans une profonde forêt : la neige couvrait le sol autour de lui, et les arbres, revêtus de cristaux, ressemblaient à ces plantes pétrifiées que l'on trouve au fond de quelques fontaines.

Tout en rêvant, tandis que son cheval le menait, le prince abattit une corneille. L'oiseau tomba en se débattant, et la neige prit autour de lui une belle nuance incarnat. — Le plumage noir de la corneille, la blancheur de la neige et la teinte éclatante du sang formaient une singulière opposition de couleurs dont le prince fut vivement frappé. Il s'arrêta longtemps à considérer ce tableau et reprit enfin, triste et pensif, le chemin du palais.

Quelques jours après, le prince Tidja traversait un village aux environs de Stamlo, quand il lui sembla voir, à la fenêtre d'une pauvre chaumière, la réunion si vive des couleurs qu'il aimait. Il s'approcha au galop et demeura tout émerveillé en face d'une jeune fille qui lui souriait.

Jamais une beauté si parfaite n'avait frappé ses regards. La jeune fille avait les lèvres aussi rouges que le sang de la corneille, les cheveux aussi noirs que son plumage, et la peau d'une blancheur plus éclatante que celle de la neige. Le prince poussa la porte de la chaumière et entra.

Un vieillard fumait, accroupi sur un lit de mousse. A la vue du prince, il se prosterna en disant :

— Tout ce qui est ici t'appartient !

— Donne-moi, dit le prince, la fille rouge, blanche et noire !

Le vieillard prit la jeune vierge par la main et l'amena au prince Tidja.

— Elle se nomme Hadaly, lui dit-il, ce qui signifie Idéal.

— Je la ferai grande et heureuse, reprit le prince en jetant sa bourse sur le sol ; et, prenant la jeune fille dans ses bras, il sauta en selle et partit au galop dans la direction de la ville.

12

II

Ce fut une grande rumeur dans tout le royaume quand on apprit que le prince Tidja allait épouser la fille d'un paysan. La sultane-mère fut véritablement désespérée et chercha le moyen d'empêcher cette union.

Hadaly habitait une aile du palais, où elle était servie par cinquante femmes et entourée d'une garde nombreuse. Le prince passait les journées entières à la contempler, tandis qu'elle essayait les parures et les bijoux, ou qu'elle s'émerveillait dans les jardins devant les oiseaux des volières et devant les caprices des jets d'eau dans les coupes de marbre.

Tidja avait au cœur une inquiétude vague, qui semblait lui présager quelque malheur prochain. En effet, malgré la surveillance la plus active, Hadaly disparut au milieu de la nuit, et toutes les recherches qu'on fit pour la retrouver demeurèrent sans résultat.

A partir de ce jour, le prince fut en proie à une sombre mélancolie. Ses rêves lui retraçaient souvent le tableau qui l'avait frappé. Il se réveillait, appelant vainement Hadaly, s'élançait hors du palais et priait le ciel de faire tomber sa neige.... Un matin, en se mettant à la fenêtre, le prince aperçut un arbuste,

qui avait surgi devant son appartement; cet arbuste,
assez semblable au grenadier, portait des fruits singuliers, les uns blancs, les autres rouges, les autres
noirs. Il alla s'asseoir au pied de l'arbuste et ne voulut plus s'en séparer. La sultane-mère fit arracher
l'arbre ; on le brûla, et les cendres furent jetées dans
un étang.

Le lendemain, l'étang fut peuplé de poissons rouges, blancs et noirs. Le prince passait ses journées
au bord de l'eau et jetait des miettes de pain aux
poissons.

La sultane fit dessécher l'étang. Des hautes herbes s'élevèrent sur le limon bientôt desséché, et parmi les herbes des milliers de fleurs rouges, blanches
et noires.

Le prince Tidja se couchait paresseusement sur ce
lit de verdure, et, consumé de désirs, il mordait les
pétales des fleurs et appelait Hadaly.

La sultane fit faucher la prairie ; herbes et fleurs
furent amassées en tas et l'on y mit le feu.

Une fumée épaisse monta vers les nuages, et cette
fumée, en d'immenses spirales qui se déroulèrent
majestueusement, se colora d'un vif incarnat, d'un
blanc éblouissant et d'un noir de jais. Les trois couleurs, d'abord distinctes et éblouissantes, se confon-
daient ensuite et se perdaient dans la nue.

Le prince ébloui, éperdu, se précipita dans le bra-
sier. Son visage rayonnait au milieu des flammes,
et Hadaly l'embrassant dans ses colonnes de fumée,
l'emporta avec elle dans l'infini.

ENVOI

Depuis que je vous ai vue madame, partout je vous
vois.

L'eau, le feu, les fleurs, les nuages, retracent sans
cesse votre image à mon esprit égaré.

Plongeant au fond de la mer, j'ai cherché les perles et les coraux, j'ai trouvé vos dents et vos lèvres.

Debout sur le promontoire, l'océan aux pieds, je
contemplais l'horizon bleu, c'est vous que j'ai vue.

Couché dans la prairie, j'ai cueilli une fleur, c'est
vous que j'ai respirée.

Assis au pied d'un chêne, j'ai écouté une fauvette,
c'est votre voix que j'ai entendue.

Perdu dans le désert, altéré, mourant, je me suis
agenouillé sur la source, j'ai cherché l'onde pure,
et c'est votre haleine qui m'a enivré.

Frappé au cœur, oppressé, sanglant, j'ai cru voir
la Mort, — c'était votre indifférence !

Où êtes-vous ? je vous aime ! Idéal ! Hadaly !

Aurélien Scholl.

LES TROIS ORPHELINS

—

Ils sont trois orphelins, puisque la mère est morte.
Elle est morte, la mère, et voilà qu'on l'emporte.
Les trois petits enfants, ne pouvant plus la voir,
Se sont mis à pleurer du matin jusqu'au soir.
« Qui me fera la soupe à présent? dit le père;
Jamais une maison sans femme ne prospère.»
Il dit, et les enfants ont vu, pleurant plus bas,
Son autre femme, — hélas! — qu'ils ne connaissent pas;
Oh! les pauvre petits! La femme acariâtre
Les battit sans sujet; c'était une marâtre.

La mère a bien laissé, pour qu'ils n'aient jamais faim,
Du pain blanc; au grenier, du blé — toujours du pain,—
Et de l'huile à brûler dans la lampe de cuivre,
Trois berceaux en osier, tout ce qu'il faut pour vivre,
Des draps qu'elle a filés, et trois beaux coussins bleus
Pour couvrir en hiver leurs petits pieds frileux.

Mais la marâtre, ayant gardé leur blé, les laisse
Presque mourir de faim et tomber de faiblesse!
Elle leur prend la lampe en cuivre — qui reluit,
Et les laisse avoir peur seuls dans l'ombre, la nuit;
Elle a pris les draps blancs, et pris, comme le reste,
Les trois beaux coussins bleus, — couleur d'azur céleste!

Ils couchent sur la paille ; ils souffrent des grands froids.
Ils ont soif, ils ont faim ; ils pleurent tous les trois.
Or le plus jeune a dit un jour de sa voix douce :
« J'ai faim ! »

        Alors la femme en colère le pousse ;
Il tombe !... Le plus grand s'en vient le relever :

« Notre mère est partie, allons la retrouver,
Dit-il, je sais l'endroit : c'est une grande pierre ;
Allons voir tous les trois ma mère au cimetière.
Elle nous donnera du pain. »

        Les trois petits,
Se tenant par la main, sont aussitôt partis.

Au milieu de la route, à leurs regards se montre
Le bon Dieu Jésus-Christ, qui vient à leur rencontre.
Il est en blanc. Sa barbe et ses beaux cheveux longs
Entourent son visage et sont si fins, si blonds,
Si purs, qu'on les dirait faits de rayons d'aurore ;
Mais les cils sont plus beaux et plus divins encore,
A cause du regard qui rayonne au travers.
Jésus sourit. Il vient aux enfants, bras ouverts.

« Dites, où courez-vous tout seuls sur cette route,
Mes anges, si petits ? Parlez, Dieu vous écoute.

— Nous allons retrouver notre mère là-bas,
Au cimetière.

        — Eh bien, retournez sur vos pas,
Je vais vous l'envoyer, mes anges, tout à l'heure. »

Ils retournent alors, mais aucun d'eux ne pleure :
Sûrs de revoir leur mère, ils sont déjà contents.

Jésus, au cimetière, a dit pendant ce temps :

« Va nourrir tes enfants ; relève-toi, Marie !

— A toute heure j'entends le plus jeune qui crie,
Seigneur, mais je suis là sans pouvoir me lever,
Et mes enfants ont faim !
        — Va, cours les retrouver :
Je te donne sept ans de forces et de vie. »

La mère se redresse, étonnée et ravie ;
Elle va retrouver ses trois enfants joyeux,
Elle essuie en pleurant les larmes de leurs yeux,
Brosse leurs vêtements et lave leur visage,
Les soigne tour à tour chacun suivant son âge,
Et puis dit à l'aîné, sitôt qu'il n'a plus faim :

« Va me chercher ton père ! »
        Et dit au père :
           « Enfin,
Me voici ! Qui m'a fait revenir dans ce monde ?
Le blé que j'ai laissé — dans tes greniers abonde,
Le froment du bon Dieu pour faire le pain blanc,
Et mes petits ont faim ! Et la nuit en tremblant
Ils pleurent, seuls dans l'ombre, et leur voix me rappelle:
La lampe que j'avais laissée, où donc est-elle
Alors ?... Tu vas mentir quand tu me répondras !
Ils ont froid, mes enfants ! et les berceaux, les draps,
Les coussins bleus?—Hélas! Ils n'ont plus rien! en sorte,
Malheureux, que leurs cris ont fait venir la morte !...
Ta femme et toi, partez ! Rendez-nous la maison ! »

L'homme ne répond rien, sachant qu'elle a raison.
On n'a revu ni lui, ni la femme méchante.

Petits Chefs-d'Œuvre

Et près des trois enfants, le soir, la mère chante:
Ils dorment dans les draps qu'elle a filés pour eux ;
La lampe est allumée ; ils ont leurs coussins bleus.

Mais sept ans sont bientôt finis, le temps va vite.

« Mère, pourquoi pleurer ?

                              — Il faut que je vous quitte !

— Non, ma mère, écoutez comme ce sera beau :
Nous vous suivrons tous trois, l'un portant le flambeau,
L'autre l'encensoir d'or comme en portent les anges,
L'autre le livre ouvert pour lire les louanges,
Et tous ensemble ainsi, vers Dieu qui nous attend,
A travers le ciel bleu nous irons en chantant ! »

Jean AICARD.

ATHÈNES A VOL D'OISEAU

C'est du sommet de l'Acropole qu'on peut avoir l'idée du plan de l'Athènes antique par la vue à vol d'oiseau de l'Athènes moderne. De cette colline, qui sert de piédestal aux plus beaux monuments qu'ait créés l'architecture, et dont le sol est fait de la poussière des marbres brisés, l'œil visant librement les quatre points cardinaux embrasse un admirable panorama. La ville moderne est construite sur le même emplacement que l'antique cité. Toutefois, celle-là s'est portée au nord de l'Acropole, désertant les régions du sud de la citadelle, jadis occupées par les dèmes urbains de Mélite, de Cythardenéide et de Limnée. Ainsi, au temps de Périclès, Athènes entourant de toute part l'Acropole avait la forme d'un vaste bouclier ovale. Aujourd'hui, Athènes a la forme d'une pelta, ce bouclier échancré des amazones. C'est dans l'échancrure que s'élève l'Acropole.

A l'ouest, au bas des pentes de l'Acropole, du côté des Propylées, s'arrondissent les versants de la croupe du Pnyx et se profilent les angles massifs du rocher écrasé de l'Aréopage qui prend à la vive lumière du jour les reflets gris et métalliques de la mine de plomb. La colline des Nymphes, surmontée de son observatoire moderne et tapissée d'une herbe roussie que parsèment quelques maigres arbustes et quelques buissons épineux, forme le second plan. Au troisième plan, la silhouette du mont Ikare, couvert jusqu'à mi-côte de la verdoyante végétation des mélèzes, se découpe sur le ciel. On aperçoit au-dessus du mont Ikare la cime aiguë du Cythéron, et très au loin, vers le sud, émergeant dans la lumineuse atmosphère de l'Attique, le large sommet en plate-forme de l'Acrocorinthe.

Au nord-ouest, un long bois d'oliviers, au feuillage d'un gris d'argent, coupe toute la plaine d'Athènes du sud au nord. La poudreuse route du Pirée, que bordent par endroits de hauts peupliers d'une espèce particulière, s'allonge en ligne droite à travers les carrés d'orge, les sillons de vigne et les terres en friche. Près d'Athènes, en avant de la route, le temple de Thésée, cette merveille presque intacte de l'architecture grecque, se détache sur le feuillage des oliviers, d'un ton très-rompu, avec les riches teintes feuille-morte de son marbre, doré par vingt-deux siècles de soleil. Le temple apparaît dans

la perspective oblique cherchée et préconisée par les
anciens ; on en voit la façade orientale, son fronton
sculpté, ses huit colonnes doriques, et la longue
colonnade du portique de l'aile du nord. C'est sur un
tertre herbeux, hérissé de cactus et planté de deux
hauts aloès, semblables par leur tronc lisse et élancé
et par leur cime ornée de deux rameaux bizarrement
contournés à deux immenses torchères, que s'élève le
Théséion. A quelques pas de là commence la ville
moderne. La vue plonge sur le vieux quartier turc.
C'est une masse de petites maisons blanches, à toits
rouges ou à terrasses, n'ayant pour la plupart qu'un
seul étage, et percées irrégulièrement de petites fenêtres. Ces masures, dont quelques-unes tombent en
ruines, sont toutes orientées en sens différent et toutes alignées avec la plus absolue insouciance des
réglementatations de l'édilité contemporaine. Ce ne
sont ni des rues ni même des ruelles qui courent
dans ce quartier, mais un labyrinthe de sentiers, —
sentiers étroits comme ceux que tracent les chèvres
dans les montagnes, sentiers serpentant comme
ceux que dans les prés dessinent les petits cours
d'eau. D'espace en espace, s'étend un terrain
vague près d'un bâtiment ruiné, où s'élève un grand
mur, dentelé à son sommet par les pierres qui s'en
sont détachées et entourant quelque cour où les lin-

ges flottants sèchent sur une corde. La seule cons-
truction régulière qu'on distingue de ce côté, est la
caserne d'artillerie. Une route crayeuse s'ouvre à
peu de distance en avant de cette caserne; elle se
fraye passage à travers les dernières maisons d'Athènes, se déroule dans la campagne, gagne le bois
d'oliviers qu'elle traverse, puis, après avoir couru
au milieu des orges et des vignes, s'engage en mon-
tant entre le mont Korydalle et le mont Ikare. C'est
la route d'Eleusis; c'est l'antique Voie Sacrée que
suivait la procession Eleusienne le sixième jour des
mystères.

Les grandes lignes sculpturales du Parnès qu'on
aperçoit déjà au nord-ouest, derrière le mont Ikare,
enserrent au nord tout l'horizon. Une vaste plaine en
jachère, coupée de plants de vignes et parsemée de
bouquets d'yeuses et de lentisques, de figuiers et
d'amandiers, s'étend des pentes du Parnès, couronné
de hauts sapins et fendu au milieu par une large cre-
vasse que semble avoir faite la hache de quelque
Titan, jusqu'aux premières maisons de la ville. On
ne voit encore de ce côté que le vieux quartier turc,
— toujours le même chaos de maisons blanches et
de toits rouges. On trouve cependant quelques points
de repère. C'est la muraille orientale du portique
d'Hadrien, dont on aperçoit en perspective les sept

colonnes corinthiennes ; c'est l'agora, remplie d'au-
vents où se tiennent les marchands de fruits, de lé-
gumes et de fritures à l'huile, les bouchers, les chan-
geurs, les brocanteurs et les revendeurs ; c'est le
portique du temple de Minerve Archégétis (ou
Porte de la Nouvelle agora), avec ses quatre
hautes colonnes doriques, son entablement à trigly-
phes et son fronton découronné ; c'est la petite tour
octogone de l'horloge d'Andronikos, ornée d'une
frise courante et d'une corniche en gueules de lions.
Deux longues voies toutes droites, parallèles l'une à
l'autre et toutes deux perpendiculaires à l'Acropole,
se creusent dans cet océan de maisons, dont les toits
et les terrasses de diverse hauteur et de diverse
largeur font en effet penser aux cimes et aux abîmes
des vagues. La première, la rue de Minerve, aboutit
à la place de la Concorde, essai de square planté de
platanes et de poivriers et décoré d'un pavillon néo-
grec. La seconde, la rue d'Eole, rejoint la route de
Patissia dont le ruban blanc se déroule au loin dans
la campagne. Ces deux rues coupent une autre longue voie qui, s'amorçant à environ 100 mètres en
arrière du temple de Thésée, traverse toute la ville
du couchant à l'orient pour aboutir devant le Palais
du roi. C'est la rue d'Hermès, la grande artère d'A-
thènes, la rue des voitures, des cavaliers, des voya-

geurs, des gens pressés, tandis que la rue d'Eole,
avec ses cafés où on lit plus qu'on ne boit, ses bou-
tiques où on pérore plus qu'on n'achète, ses trottoirs
toujours encombrés où on discute plus qu'on ne marche, est la rue des oisifs, la rue du *far niente*, la rue
des beaux parleurs et la rue des hommes d'Etat in-
compris.

Au nord-est, on a la vue de la ville contemporaine, que dominent la cime rouge et déchiquetée du
Lycabette, et, à l'horizon, le mont Pentélique. Les
rues, plus larges et coupées à angles droits, y sont
bordées de jolies maisons blanches à plusieurs étages, construites en style néo-grec. Des colonnettes
s'appliquent aux façades qui ont pour la plupart des
revêtements de marbre ; de petits péristyles avancent sur la rue ; les dentelles des acrotères bordent
les toits plats en terrasses. Derrière chaque maison
verdoient de petits jardins, où poussent pêle-mêle,
à grand renfort de terres rapportées et d'arrosages
continus, cyprès et arbousiers, lentisques et cactus,
vigne vierge et clématite. De larges boulevards, bor-
dés de magnifiques poivriers à longues grappes de
fruits pourpres, font plusieurs cercles autour de ce
quartier. L'œil s'arrête sur des édifices modernes.
Voici la nouvelle cathédrale avec son dôme byzan-
tin et les deux tours de son narthex roman. Voici

l'ancienne cathédrale qu'à cause de son exiguïté on
ne distinguerait pas des maisons qui l'environnent,
si ce n'était sa petite coupole bulbeuse ; voici le clo-
cher de Saint-Théodore, le portique polychrome de
l'Université, les magnifiques propylées de marbre
de l'Ecole polytechnique. A l'extrémité de la ville,
tout au bout de la rue d'Hermès qui monte en pente
assez roide à la place de la Constitution, le Palais
du roi développe sa large façade de marbre blanc
entre deux masses de verdure : le square de la place
de la Constitution, planté en jardin français, et le
jardin royal, véritable parc anglais à allées sinueuses,
à pelouses toutes vertes et à massifs touffus. Le Palais est un énorme quadrilatère qui ne compte pas
moins de deux cents portes et fenêtres. Mais à cause
de ses proportions démesurées qui ne sont pas sou-
tenues par le style, ce monument a plutôt l'air d'une
caserne que d'un palais, en dépit de son fronton, de
son acrotère à l'antique et de son péristyle en colonnade. Et cependant pour construire ce palais on s'est
servi de cet admirable marbre pentélique dont le
Parthénon, les Propylées, l'Erechthéion n'ont pas
épuisé les carrières. Mais Phidias ni Ictinus n'étaient
plus là pour féconder la matière par le génie. Derrière le Palais du roi commence une vaste plaine,
fauve, pulvérulente, embrasée, où quelques plants

de vignes, quelques chaumes d'orge, quelques bouquets d'arbres disputent le terrain aux landes arides.
La plaine entoure le Lycabette, puis va s'élargissant
jusqu'au pied du mont Pentélique qui, baigné de
lueurs roses et opaliques, s'élève comme un immense fronton de temple.

A l'est, l'horizon est moins vaste, fermé à 3 kilomètres par les ondulations bleuâtres, d'une ligne un
peu molle, des cimes de l'Hymette d'où s'élancent
au printemps les essaims bourdonnants des abeilles.
En avant des pentes de l'Hymette, s'échelonnent des
mamelons trapus et tachetés par endroits de quelques
brins de mousse entre lesquels serpente le lit de
l'Ilissus. — « L'Ilissus, pareil au Méandre, promène
d'un cours égal et paisible ses eaux languissantes
et mouillé à peine le sable aride, » disait déjà Séné-
que. Sur la rive gauche de ce fleuve, qui l'été n'est
pas même un ruisseau, se creuse en forme de fer à
cheval allongé le stade panathénaïque. Sur la rive
droite, la mince nappe d'eau de la fontaine Callirrhoé,
encaissée entre d'énormes rochers, brille au soleil
comme un antique miroir d'étain. Non loin de là,
l'arc d'Hadrien ouvre sa large arcade et présente
son élégant attique corinthien percé de trois baies et
couronné d'un fronton. Quelques jolies maisons, enfants perdus du nouveau quartier que suivront bien-

tôt d'autres constructions, s'avancent entre l'Acropole et l'arc d'Hadrien. La verdure noire de l'ancien
cimetière, du nouveau cimetière et du massif de
myrthes et de cyprès qui ombrage le café de la grotte
des Nymphes, repose les regards en feu. Dans la
plaine brûlée, les hautes colonnes corinthiennes du
temple de Jupiter Olympien découpent en vives arê-
tes sur le sol leurs ombres géantes et font, par leur
proportion colossale, paraître petites les montagnes d'alentour.

Au sud, voici adossés au rocher de la citadelle les
murs en ruines, percés de baies cintrées et super-
posées, de l'Odéon d'Hérode Atticos, les vingt-huit
arcades enterrées jusqu'à l'imposte du portique d'Eu-
mène et les gradins en hémycicle, les siéges de
marbre, l'orchestre dallé, les fûts de colonnes, les
substructions de la scène et ses profonds dessous, ou
hyposcenia, du théâtre de Bacchus. Plus loin s'ar-
rondit la colline de Musée ; le monument de Philo-
pappos en surmonte le sommet, et dans ses flancs
les entrées de cette triple chambre souterraine, connue sous le nom de prison de Socrate, font trois
trous sombres. Au bout de la vallée qui se creuse
entre la colline de Musée et les mamelons de la rive
gauche de l'Ilissus, on aperçoit, en faisant face au
théâtre de Bacchus, pour lequel c'était la plus admi-

13

rable *toile de fond* qu'on pût rêver, les eaux bleues de la baie de Phalère. A droite, le Pirée ouvre ses trois bassins capricieusement dentelés, le rivage de l'Attique, frangé de bandes d'écume, fuit vers Eleusis, et, aux rayons ardents du soleil, miroite le golfe Saronique tout blanc de lumière.

Henry Houssaye.

SUR CORNEILLE (¹)

O France, écoute bien celui-là, c'est Corneille !
Un autre est orateur, poète, historien ;
Il te forme l'esprit ou te charme l'oreille.
Celui-là c'est Corneille ! ô France, écoute bien !

Et si tu veux reprendre et retrouver ta force,
Si tu veux te guérir du coup qui t'ebranla :
Aspire cette sève au cœur de ton écorce ;
Sinon, vieil arbre mort, les bûcherons sont là !

Plus d'un l'a beaucoup dit que l'on n'écoutait guère :
Avant d'être abattu, ce peuple est abaissé ;
Il méconnaît la gloire ; il désapprend la guerre...
Hélas ! nous étions un contre trois ! — Je le sai,

Mais nous ne croyions plus au cri du vieil Horace,
Mais s'il fut des vaillants qui l'ont osé jeter,
Un groupe de héros n'en refait pas la race,
Et c'est un pauvre peuple où l'on doit les compter !

Le même sang pourtant coule bien dans nos veines,
L'air que nous respirons traverse bien nos bois,
Les vins de nos coteaux et les blés de nos plaines
Mûrissent bien encore au soleil d'autrefois.

(1) Stances dites au Théâtre-Français, par M. Coquelin, le 8
juin 1872.

Oui, cette terre ardente, et diverse, et fertile,
Bonne à tous les produits, prête à tous les essais,
Ce sol puissant, ces eaux vives, ce ciel mobile,
Tout cela c'est la France ! Où donc sont les Français ?

Où donc ce peuple fier de son sang et prodigue,
Que le danger commun trouvait prompt à s'unir ?
Ce peuple, qui jetait le défi de Rodrigue
Et qui, l'ayant jeté, savait le soutenir ?

Le devoir et l'honneur, l'héroïsme et la gloire,
Ce faisceau de grandeur aux immortels liens,
Ces mots qui sont la langue et qui furent l'Histoire,
Ces grands mots qu'un Corneille a faits Cornéliens,

Quel fou les a raillés de sa lèvre flétrie ?
D'où nous vient sur nos dieux ce doute désolé ?
Quel être sans famille a nié la Patrie ?
Qui donc a dit: « Tu mens ! » quand Corneille a parlé ?

Ah ! faiseurs de pamphlets et chercheurs de doctrines,
C'est vous, les impuissants qui nous avez détruits !
C'est votre esprit qui vient crier sur nos ruines :
Ne sois d'aucun Devoir, tu n'es d'aucun Pays !

Ah ! la fraternité des peuples vous enchante ?
Eh bien ! l'heure est propice à vos enivrements,
Votre chanson est belle et vaut bien qu'on la chante :
Regardez-les passer, vos frères allemands !

Oui, vous avez raison ; c'est hideux le carnage,
Oui, le Progrès blessé recule et se débat ;
Notre siècle en fureur retourne au moyen âge,
Mais sachons donc nous battre au moins puisqu'on se bat.

Oui, le sort nous a pris de bien chères victimes,
Et Regnault expirant est là comme un remord :
La guerre a de ces coups, la gloire a de ces crimes,
Mais l'égoïsme humain est plus laid que la mort...

Il est sous le soleil des heures de vertige
Où la vertu d'un peuple hésite et s'interrompt,
Où couvrant de grands mots l'instinct qui la dirige
La peur même, la peur n'a plus de rouge au front.

C'est là, c'est au travers de ces époques noires
Qu'un ennemi rampant s'est glissé jusqu'à nous ;
Ses monstrueux anneaux ont étouffé nos gloires,
Et la France enlacée est encore à genoux.

Pauvre France ! que Dieu te protége... et te change !
Ton espoir était fou, que ton deuil soit sensé.
Tu parles déjà haut de l'avenir qui venge,
L'avenir qui répare est-il donc commencé ?

On t'excite, on te plaint, on crie, on te harangue.
Ah ! mon pauvre pays, souviens-toi de Babel !
N'écoute qu'une voix, ne parle qu'une langue,
Quand tu n'as qu'un devoir et que tu sais lequel.

Et quoi que l'on te prouve, et quoi que l'on t'allègue,
Quel discours peut valoir ces trois mots triomphants :
« Meurs ou tue ! » Un soufflet t'a renversé, don Diègue ?
Ne pleure pas ta honte, appelle tes enfants !

Et toi, Corneille, toi, Père du grand courage,
Redis-nous ces leçons dont tu formais des cœurs,
Le calme dans l'effort, la haine après l'outrage,
Redis-nous la Patrie, et refais-nous vainqueurs !

Paul Déroulède.

CHARLOTTE

(EXTRAIT)

La pauvre Charlotte ne put fermer l'œil de toute la nuit. Elle songeait. Qu'était-elle, elle, pauvre provinciale, sans belles manières, sans parures, tantôt blanchisseuse, tantôt cuisinière, et avec cela femme d'un apothicaire de petite ville ? Comment pouvait-elle rivaliser avec les brillantes dames à plumes et à dentelles que connaissait le baron ? Elle avait été pour lui un amusement, une distraction, un jouet pour tromper son ennui. Et encore ne devait-elle pas lui savoir gré d'avoir daigné s'abaisser jusqu'à elle, d'avoir bien voulu lui adresser quelques douces paroles. Elle se disait aussi que tout cela n'avait pu être qu'un jeu. Comment, en effet, pouvait-il aimer la femme d'un apothicaire, lui qui était aimé d'une grande dame parée de brillants et ayant des bracelets d'or ? Et cette dame lui écrivait ; elle l'attendait avec impatience ; et lorsqu'il allait être de retour, elle et lui allaient se divertir à ses dépens.

On allait rire de cette tendre passion éclose au milieu des herbes médicinales et du quinquina.

La jalousie, une jalousie âcre, commença à tourmenter Charlotte. Son imagination enflammée lui répétait sans cesse : « Il en aime une autre... Elle n'est peut-être pas aussi jolie que toi, elle n'a pas ta fraîcheur, ni l'incarnat de ton teint, ni ton épaisse chevelure; mais les hommes ne considèrent pas cela. Elle a des fleurs dans sa chambre, des fleurs sur la tête, des fleurs l'été et l'hiver, des fleurs toute sa vie. Toi, tu n'es entourée que des tristes attributs de ton humble condition. Tu touches de la monnaie de cuivre et des chandelles de suif; tu sens l'odeur de la pharmacie, tu portes de misérables robes qui doivent lui sembler des haillons, et tu vis dans l'isolement, de la triste vie d'une petite ville de district. »

Le lendemain matin, Charlotte paraisssait souffrante et restait pensive. Frantz Ivanowitch la regardait avec inquiétude et paraissait préoccupé.

A midi, le baron se présenta comme de coutume. Charlotte le reçut froidement, répondit à peine à ses questions, et se retira bientôt, sous prétexte de veiller à quelques occupations. Le baron, plein de dépit, s'en retourna chez lui.

Frantz Ivanowitch garda le silence.

Le jour suivant, tout alla de même, et le troisième se passa comme les deux premiers. Charlotte était rêveuse et triste : son visage n'avait ni larmes, ni sourire ; son cœur ne poussait pas un soupir ; ses regards avaient quelque chose de froid, de mort, d'étrange.

Frantz Ivanowitch continuait toujours à garder le silence le plus complet.

Une semaine s'écoula ainsi.

Un soir le baron, la tête appuyée sur sa main, était plongé dans de mélancoliques réflexions. La froideur de Charlotte, mieux que les plus habiles manéges de la coquetterie, avait augmenté sa passion. Ses perfides desseins étaient tout à fait oubliés. Il aimait sincèrement, comme on aime à vingt ans : avec ardeur, sans repos, sans sommeil, avec peu d'espérance, avec une tristesse sombre. Toutes ses pensées étaient à Charlotte, dont le brusque changement restait incompréhensible pour lui. Sans doute un instant d'entretien aurait pu tout réparer; mais, comme s'il l'eût fait à dessein, le maudit apothicaire ne quittait plus sa femme d'un pas.

Tout à coup le baron releva la tête. La porte venait de s'ouvrir, Frantz Ivanowitch entra.

— Vous ici ? s'écria Fierenheim.

Frantz Ivanowitch était un peu pâle.

— Moi-même, dit-il. Je viens auprès de vous pour une affaire importante... Ne nous avez-vous pas dit que vous étiez ici pour vos fonctions ?

— Vous n'en doutez pas, je pense.

— Mais votre mission doit être terminée ?

— En effet, elle est terminée.

— Alors, pourquoi restez-vous ?

Le baron tressaillit. L'apothicaire se croisa les bras et continua :

— Il m'est revenu d'odieux propos auxquels j'ai répondu comme il convenait de le faire. J'ai en ma femme une confiance sans bornes. Cependant, dans une petite ville, de mauvais bruits peuvent avoir les plus fâcheuses conséquences, et il est de mon devoir de les prévenir.

— Alors vous demandez... une satisfaction ? dit le baron d'un air pensif.

— Une satisfaction ? répondit l'apothicaire avec dignité. N'avez-vous point de honte, Monsieur le baron, de me faire une semblable proposition ? Je ne suis plus étudiant, je ne suis pas davantage un homme du monde. Vous croyez que pour une offense personnelle, sanglante pour mon amour-propre, je suis prêt à sacrifier tout l'avenir de ma femme ou à vous permettre de jouer avec moi à la magnanimité ? Non, Monsieur le baron, si je viens auprès de vous, c'est pour tout autre chose.

— Que voulez-vous donc ?

— Que vous partiez pour Pétersbourg.

— Fort bien... Dans quelques jours.

— Dès à présent.

— Je ne puis pas, en vérité.

— Vous ne pouvez pas !

— Non.

— En ce cas, nous pouvons nous asseoir et je vous raconterai une petite histoire. — Dans une petite ville, vivait un bon vieillard, un professeur. Il avait une fille unique... Un jour, il s'introduisit chez lui un jeune homme sans conscience...

— Monsieur ! s'écria le baron.

— N'interrompez pas mon récit... Oui, ce jeune homme était sans conscience, car sachant qu'il n'épouserait pas la jeune fille, il ne devait pas troubler l'innocence de son cœur ; il ne devait pas abuser un vieillard confiant ; il ne devait pas abuser de ses qualités naturelles et sacrifier à son amusement le repos de toute une existence.

Le baron baissa la tête.

— Dans la même ville se trouvait un autre jeune homme, obscur, sans position, sans extérieur élégant. N'ayant point d'avenir brillant à espérer, il travaillait sans relâche pour se mettre en état de gagner son pain... Mais, lui aussi, il avait un cœur jeune, lui aussi pouvait aimer... Mais ce n'est pas de cela qu'il s'agit... Seulement il n'attendait, il n'espérait rien... Comprenez-vous?... Maintenant je vais parler sans détour.

Quand vous partîtes, toute la ville savait que Charlotte vous aimait ; tout le monde jugeait, dans sa simplicité, qu'étant dans la maison comme un fiancé, vous reviendriez bientôt célébrer votre union. Moi seul, je vous avais deviné, et je fis connaissance avec le professeur. Le vieillard me fit part de son affection pour vous, de ses espérances et de sa déception. Je lui offris d'aller à Pétersbourg m'informer si l'on pouvait espérer votre retour... Je partis. A cette époque, vous faisiez la cour à la princesse Kratnesielo.

— Comment ! vous savez ? s'écria le baron.

— Je le sais... Elle repoussa vos avances... Je revins avec la persuasion que, pour Charlotte, il n'y avait plus d'espoir, et je résolus de l'épouser. Seulement, Dieu le sait, je ne l'importunai point d'une passion qu'elle ne pouvait partager. Je me bornai à lui jurer que je serais son guide et son soutien... Son père mourut... Après notre mariage, je la conduisis ici, pensant qu'il lui serait trop pénible de rester dans un lieu peuplé de si

tristes souvenirs ; mais elle continua à être triste
et malheureuse. Cela me tuait... Vous ne savez
pas ce que c'est que de se montrer toujours insou-
ciant et gai, et de cacher dans son âme une afflic-
tion profonde... Tout à coup, le hasard vous ramena près de nous. Je pensai que, si ma femme
vous aimait encore, je m'enfuirais n'importe où...
car je suis toujours prêt à me sacrifier à son
bonheur... Mais je me dis aussi que, si elle par-
venait à découvrir jusqu'à quel point vous êtes
attaché au monde, elle pourrait recouvrer le calme
de son âme... Voilà comment j'ai vécu depuis votre
arrivée, n'exigeant point, mais attendant un aveu.
Or Charlotte m'a tout conté ; elle m'a demandé
pardon et assistance, comme si elle était coupable,
comme si je ne savais pas tout. Elle m'a chargé —
entendez-vous bien ? — elle m'a chargé elle-même
de vous dire qu'elle vous conjure de vous éloigner,
parce qu'il ne doit y avoir rien de commun entre un
gentilhomme comme vous et la femme d'un pauvre
apothicaire... Pardonnez-moi, si je vous afflige,
Monsieur le baron ; mais j'accomplis un devoir...
Ne remplirez-vous pas le vôtre ?

— Jacques ! cria le baron, cours à la poste commander des chevaux. Nous partons.

Ils restèrent tous les deux quelques instants sans

proférer une parole. L'émotion remplissait leur cœur.

— Je vous remercie, dit enfin l'apothicaire. Vous êtes malgré tout un digne homme ; le monde ne vous a pas entièrement gâté.

— Et vous me remerciez encore, répondit le baron, profondément ému.... vous devant qui je devrais m'incliner avec respect.

L'entretien qui avait commencé d'une manière si étrange prit bientôt une autre direction. Le baron et l'apothicaire se mirent à se rappeler leurs années d'Université. Ils parlèrent de leurs anciens camarades, de leurs études, de leurs plaisirs passés. Ils étaient pleins de sympathie l'un pour l'autre. L'apothicaire plaignait le baron, et le baron, pénétré de la noble simplicité de l'apothicaire, lui avoua, dans un généreux élan, le vide de son existence. Il y avait en ce moment quelque chose de fraternel entre eux : tous deux ils étaient prêts à sacrifier leur vie pour la même femme.

Ils s'entretinrent ainsi longuement de leur jeunesse écoulée, du vieux professeur, du bonnet de calicot de la jeune fille, du rideau de sa petite fenêtre, de la triste expérience de la vie. Et pendant ce temps, Jacques emportait les malles qu'il chargeait sur la calèche de voyage.

Enfin les chevaux arrivèrent. Fierenheim et Franz Ivanowitch s'embrassèrent.

— Faites-lui bien mes adieux, dit le baron avec des larmes dans les yeux.

— Ne nous oubliez pas, répondit l'apothicaire.

Et ils s'embrassèrent une seconde fois.

Le cocher fit claquer son fouet et la voiture partit.

Lorsque l'apothicaire rentra chez lui, sa femme, pâle, les cheveux en désordre, était sur le perron, un flambeau à la main, attendant impatiemment son retour.

— Eh bien ! demanda-t-elle d'une voix entrecoupée.

— Il est parti, repondit Frantz Ivanowitch d'un air pensif.... J'espère que tu seras tranquille maintenant.

— Il est parti ! répéta Charlotte lentement.... Il est parti !

En disant ces mots, elle laissa échapper le flambeau de ses mains et tomba sans connaissance.

Eugène d'AURIAC.

(D'après la _Femme de l'apothicaire_, nouvelle russe, par le Cte Sollohoub.)

MYRTHA

SONNET

Myrtha! les cerises sont mûres,
Le soleil a doré les blés.
Il est midi: sous les ramures
Les cœurs amoureux sont troublés.

Les enfants, barbouillés de mûres,
Aux fraisiers sont tous attablés,
Les fontaines dans leurs murmures
Baisent les roseaux accouplés.

O Myrtha, charmeuse et charmée,
Comme tu sens bon ce matin !
La fraise, la mûre, le thym.

Le pré t'a toute parfumée...
Je bois, à tes cheveux flottants,
La fraîche odeur de tes vingt ans.

Arsène HOUSSAYE.

LES VIEILLARDS

(EXTRAIT DE *Gazida*)

———

....J'ai toujours eu un penchant singulier pour la société des vieillards. Dans mon enfance j'étais le favori d'un vieil officier balafré, qui avait fait les campagnes d'Égypte, d'Allemagne, de Russie et qui me racontait, en fumant sa pipe, des choses merveilleuses de la terre d'Orient et des régions du Nord. C'est peut-être cette impression première qui a éveillé en moi l'amour des voyages.

Goëthe a écrit une page charmante sur les imperceptibles influences dont l'homme éprouve peu à peu, et souvent à son insu, l'action continue. « Celui, dit-il, qui a vécu à l'ombre des grands chênes n'aura pas le même caractère que celui qui a grandi au milieu des myrtes et des orangers. » N'est-il pas probable que celui dont l'imagination aura été saisie dès son premier élan par des récits étranges, ou par la lecture de quelques livres fabuleux, n'aura point la même disposition d'esprit que celui dont l'attention aura été fixée de bonne heure sur le pupitre d'un comptoir et les colonnes de chiffres de Barême ?

Plus tard, à mon entrée dans le monde, j'ai eu le bonheur d'être admis dans l'intimité de quelques dignes vieillards, et j'ai souvent recherché leur entretien de préférence à celui des jeunes gens de mon âge. Ce que les vieillards savent, ils l'ont appris, non point par une étude précipitée, mais par l'expérience, cette grande, cette austère institutrice. Ils ont eu aussi leurs jours d'effervescences, leurs heures d'orage ; ils se souviennent des diverses épreuves qu'ils ont faites dans la traversée de la vie, comme le pilote des écueils qu'il a rencontrés dans sa navigation sur les océans. Les rides de leur front sont comme les plis d'un livre qui renferme de secrets enseignements ; leur tête blanche est, comme celle du sphinx, pleine de leçons et de révélations mystérieuses. Il en est qui, à la fin, se retirent dans le port d'une égoïste indifférence et, en entendant gronder la tempête, murmurent, avec une froide quiétude, le *suave mari magno* de Lucrèce. Mais il en est qui gardent dans leur cœur attiédi une source inépuisable de sympathies pour tous ceux qui les entourent, qui restent fidèles à la sentence proverbiale de Térence :

Homo sum : humani nihil à me alienum puto.

14

Petits Chefs-d'Œuvre

Ceux-là suivent, avec une pensée charitable, un regard inquiet, les jeunes gens qui s'avancent dans quelque périlleux sentier et leur bienveillance a la douceur mélancolique, la clarté pure, la sérénité d'un crépuscule du soir.

Xavier MARMIER.

De l'Académie française.

→ ✱ ◄

LA FERME

On aperçoit, sur la route
La ferme au pied du coteau.
La vache se penche — et broute
L'herbe haute au bord de l'eau.

Sous un noyer centenaire,
Au front richement peuplé,
Dans la cour on voit une aire,
Une aire à battre le blé.

L'avoine, le seigle et l'orge
Sont entassés à foison,
Le grenier crève et dégorge
Les trésors de la moisson.

Les canards fouillent la vase.
L'étable beugle et mugit.
Le raisin foulé s'écrase
Sous le pressoir qu'il rougit.

Aux environs de l'étable,
Le coq, de son bec pointu,
Sondant et triant le sable,
Pique un grain sous un fétu.

Comme une verte corbeille,
Tout autour de la maison,
Montent les bras d'une treille :
C'est un nid dans un buisson.

A quelques pas plus loin, derrière une dentelle
De chênes et d'ormeaux, sous un ciel pluvieux,
Et, comme pour servir de fond à l'aquarelle,
Le château paternel s'asseyait lourd et vieux

Aurélien Scholl.

TÉRÉZA DE BÉARN

Le Dictionnaire de la Noblesse (¹) relate que don François de Foix et de Béarn, seigneur de Sainte-Eugènie, de Sorède et de Lasfonds, qui était le second membre de sa famille pourvu du prénom de François, s'est marié trois fois, et que sa première femme, doña N*** de Campredon, sœur d'un gentilhomme de Perpignan, n'a été accusée de rien moins que d'avoir fait assassiner un de ses galants, dont elle avait reçu un soufflet. Cette expérience conjugale, qui eût empêché un superstitieux d'en tenter d'autres, fut loin d'enchaîner au veuvage don François, puisqu'il convola en seconde noces, comme si de rien n'était, avec sa cousine-germaine, fille de François de Villeplane et de Marie Descamps. Ce fut doña Hippolyte Taquil qui demeura, par la survie, maîtresse du dernier champ de bataille, le troisième lit, vers la fin du XVIIᵉ siècle.

Des renseignements donnés dans le même réper-

(¹) Par de la Chesnaye-Desbois et Badier, 3ᵉ édition.

toire sur ce persévérant champion du mariage le
rattachent par sa naissance à une grande race histo-
rique, ayant encore ses représentants de nos jours.
Sa maison était celle d'une branche roussillonnaise
de la famille de Foix et de Béarn, qui non-seulement avait apporté à celle d'Albret le royaume de
Navarre, ce berceau royal des Bourbons, mais
encore descendait des rois Mérovingiens par Eudes,
duc d'Aquitaine, et voici comment le genre procé-
dait de l'espèce.

Jean de Foix, vicomte de Meilles, fils légitime de
Jean de Foix, comte de Candale, et de Marguerite
de la Polle-Suffolk, avait donné des terres en Roussillon au bâtard Guillaume, son frère, avant même
que François-Phébus de Foix héritât de la Navarre,
et ce Guillaume de Béarn, seigneur de Perpétuse
et d'Evol, époux d'Anne Calier, fille d'un bourgeois
de Perpignan, était le chef de la branche dont nous
parlons. Son fils, Ange de Foix et de Béarn, avait
eu de son mariage avec Anne du Puig, fille d'un
chevalier, le plus ancien des deux François, uni à
la fille de Jean de Villeneuve, seigneur de Sainte-
Eugénie. De ce dernier couple était né le deuxième
porteur du prénom d'Ange, seigneur de Sainte-Eugénie, qui, loin de souffrir une barre sur son écu, avait
pris acte en la cour du viguier de Roussillon, le 12

juin 1599, de ce que les gentilshommes chevaliers
des plus anciennes maisons du pays, Ange de Tord
et d'Esparren, baron de Tresserre, don Alvar de
Sinistère, don Jean Blanchribera, don François
Grimau, Jérôme de Catdères et Gabriel de Ribes,
affirmaient que le dit Ange de Foix et ses ancêtres
avaient toujours porté les armes des comtes de
Foix, princes de Béarn, sans aucun mélange ni
brisure, savoir : *les quatre pals en champ d'or,* qui
étaient aussi celles des comtes de Barcelone, rois
d'Aragon, et, de plus, *les vaches de Béarn.* Delphine Davi, dame de Sorède et de La Pava, épouse
du précité, lui avait donné pour fils don Gaston de
Foix et de Béarn, seigneur de Sorède et de Sainte-
Eugénie, coinjoint à doña Etiennette Descamps et
de Tord, dame de Lasfonds, père et mère de notre
François II.

La généalogie de ses trois femmes ayant beaucoup moins de rapport avec celle d'Henri IV, serait
plus difficile à dresser. Des savants ignoraient
jusqu'au prénom de la première, car N   ,
dans le sens pris plus haut, signifie la même chose
que x, au lieu d'être une initiale : cette lettre tient
souvent dans les actes, dans les récits et dans certaines prières, la place d'un inconnu ou de quelqu'un
qu'on ne veut pas désigner. Le petit nom que sa

personne faisait paraître le plus joli du monde, était
réellement Téréza. Son mari ne s'appelait François que pour l'avenir ; le nobles qui portaient le
don ne le faisaient encore suivre d'aucun nom fran-
cisé, dans une province qui restait espagnole et de
caractère et de mœurs : depuis Louis XI, elle n'é-
tait plus française quand Louis XIII l'avait ratta-
chée à son royaume. Quelque remarquée que fût
pour sa beauté l'épouse de don Francisco, pas un
n'aurait pensé qu'il s'agît d'elle en entendant parler
de Mme Thérèse.

Dans un roman, l'effet n'en serait que meilleur.
On pourrait y dissimuler que la toute belle manquait de littérature jusque dans les notions élémen-
taires : elle avait dû rester de bonne heure orphe-
line, confiée à des parents ou trop jeunes ou trop
vieux, et grandir dans une liberté presque sauvage,
sans autre frein pour les mauvais instincts et sans
autre culture pour l'esprit que la fréquentation de
l'église. L'amour, sans doute, avait fermé les yeux
de son futur sur cette singulière éducation, qui n'é-
tait pas de bonne maison. Mais il avait un oncle
trop lettré pour ne pas s'en apercevoir. Ce personnage était le père Descamps, recteur au collége des
jésuites de Perpignan, qui écrivait des livres et qui
avait le titre d'insulteur et qualificateur du saint-

office, sans en remplir les fonctions, de même que l'évêque de Perpignan était grand inquisiteur honoraire.

Son démon de nièce avait trop joué à l'âge d'apprendre pour ne pas se faire un jeu du mariage; mais à toutes ses amours manquait un côté poétique à célébrer. Elle avait le défaut de se prodiguer, et il faut généralement quelque tendance à l'unité, plus de sentiment que de sensibilité, plus de cœur et moins sur la main pour donner de l'intérêt à l'heur et au malheur d'une amoureuse. Les honneurs du roman ou de la nouvelle n'étaient donc pas dus aux aventures de la belle, qui ne mérite le rappel de sa chute que par l'élévation du rang d'où elle tombait.

Son crime, comme s'il n'avait été réellement que soupçonné, n'a rien eu du retentissement que donnerait en ce temps-ci le compte-rendu du procès. Ses fautes, dont il était impossible de douter, n'avaient-elles pas fait, à tout prendre, encore plus d'heureux que de malheureux? Elle était douée pour plaire et pour en abuser; elle trompait son mari, comme par vocation, sans hésitation, sans illusion, sans préférence, sans excuse. Son histoire est une découverte pour la chronique, en dehors des documents ordinaires à consulter,

mais tellement réduite aux faits qui l'abrégent dra-
matiquement qu'il faut être amateur de curiosités
historiques non-seulement pour les recueillir, mais
encore pour s'en ressouvenir. L'expiation elle-
même semble se cacher, comme si le huis-clos jusque-là avait été demandé et obtenu.

Don Emmanuel de Saint-Dionis, qui était arrivé
à Perpignan un peu malade, y avait d'abord de-
meuré chez son ami don Francisco, qui était à peu
près de son âge; de là datait sa liaison félone avec
la jeune femme de son hôte, et il avait d'autant plus
tort de se croire seul capable de lui inspirer une passion assez ardente pour la faire manquer à ses devoirs, qu'il pouvait ne pas être le premier. L'hôtel
de Béarn, dont la livrée était grise à galons rouges,
ouvrait sur la rue de la Font de Na Pincarda, pos-
térieurement de Foy. La fontaine de *Na Pincarda*
arrose encore par le temps qui court la petite rue de
la Manche, qui descend à la place Saint-Dominique.
Plusieurs dépositions à l'audience ont témoigné du
violent caractère de don Emmanuel: il avait mani-
festé fréquemment la crainte que des représailles
fussent exercées contre lui par un individu sur lequel il avait fait tirer, à la suite d'une discussion, un
coup de pistolet.

Tout porte à croire qu'il avait eu à se formaliser

des familiarités imprévues de sa maîtresse avec un
Tartuffe, qui était plus encore qu'un dévôt, car il
avait reçu les ordres, et que cette Elmire là eût
plutôt fait cacher sous la table que son mari. C'était
don Ramon de Monfar, grand chantre de l'abbaye
d'Arles, ex-conventuel du monastère de Saint-Cul-
gat, voisin de Barcelone. On s'étonnait de voir en lui,
que ses titres faisaient prendre pour un moine sage
et rassis, un avenant gaillard, élégant dans sa mise
et dont la face rubiconde se couronnait de cheveux
noirs. Ce religieux travesti, qui n'avait d'honnête
que la mine, encore fallait-il en juger superficielle-
ment et de prime face, portait séculièrement un
habit court, un chapeau de haute forme à galons, et
il ne rentrait au couvent que pour les grandes fêtes.
N'éveilla-t-il pas les soupçons du recteur, qui devait s'y connaître ? Si ce n'est l'oncle, c'est l'ami
qui conseilla au maître du logis de ne plus recevoir
l'intrigant qui, malgré cela, prenait sur la doña,
déjà lancée en si mauvaise voie, plus d'empire que
tous les trois. Monfar attendait Mme de Béarn à
l'église, et, quand c'était dans la cathédrale, l'obs-
curité de la nef, si richement décorée, ne les empê-
chait pas de s'apercevoir d'un bout à l'autre. Il ne
pénétrait plus chez elle qu'en cachette, à des heures
convenues, grâce à une ouverture pratiquée chez

une vieille castillane, dont le gîte était mitoyen.

A ne connaître que ces rendez-vous, n'eût-on pas cru de l'un et de l'autre qu'ils aimaient pour la première fois et la dernière ? Mais cet amant de rechange, dont l'influence était plus dangereuse que les emportements de l'autre, ne lui ressemblait guère. Il avait présenté, dès le jour de la Toussaint de l'année 1659, à M. de Campredon un page de son choix, Joseph Cayrell, âgé de 19 ans, qu'il avait arrêté comme pour le frère, mais en vue de la sœur ; c'était dans le but de jouer à son propre rival un tour de sa façon, qui avait réussi, puisque le page s'était bientôt mis en tiers dans la partie. Ce mauvais coup, déjà digne du joueur qui l'avait risqué, ne devait pas être le dernier.

M. de Saint-Dionis, pris à ce honteux piége, essaya de s'en tirer par la menace de divulguer l'inconduite de la malheureuse. Elle nia si fort et avec tant d'adresse qu'il y eut un raccommodement, mais à la condition qu'elle donnerait un gage sérieux de la sincérité de son affection, en assurant par sa gracieuse entremise la réussite d'un projet de mariage. Narcissa de Saint-Dionis, âgée de seize ans, fille de l'un des deux contractants, avait distingué spontanément Joseph de Campredon, frère de l'autre, et une prompte union ne pouvait que rendre plus étroite et plus durable l'amitié des deux familles. A cet arrangement, dont elle prévoyait maintes conséquences, la belle-sœur future de la mariée ne se prêtait qu'involontairement. Elle ne s'en gardait que mieux de rompre avec un galant homme qui, en continuant à l'aimer, la vengeait déjà de lui-même, secrètement maudit, mais retenu en ôtage jusqu'à ce qu'elle eût pris assez de revanches. Au moment même où elle était sûre de ne plus l'aimer que comme elle aimait son mari, il s'était fait haïr en se rattachant à elle par le crampon légitime d'une alliance.

L'accomplissement du mariage donnait un prétexte honnête à l'amant en titre, moins confiant, mais aussi fidèle, pour s'établir dans la maison du mercadier Onufre Delfau, en face de l'hôtel de Béarn. Il s'y installait assez grandement pour amener avec lui le nouveau couple, suivi du page, qui n'aurait pas suffi à leur service, mais seul domestique à demeure. Ni trop près ni trop loin de sa maîtresse, don Emmanuel laissait volontiers à don Francisco le monopole des sollicitudes quotidiennes que lui avait fait partager une vie commune trop incessante; il dînait au logis en tiers avec les jeunes époux, mais il traversait souvent la rue, et c'était tous les soirs pour souper à l'hôtel, accompa-

gné de son gendre et de sa fille. La métairie de
Sainte-Eugénie, près du Soler, village que baigne
la Têt à deux lieues de la ville, leur servait de
campagne.

Il fallait que la maison dudit mercadier fût plus
vaste que celles appartenant alors à des marchands.
Aussi bien tous les *mercadiers* n'étaient pas dans
le commerce; on appelait ainsi la classe moyenne,
qui comprenait les bourgeois vivant noblement et
les notaires, aussi bien que des négociants. Jusqu'en 1789, la population de Perpignan s'est divisée
en trois classes, concourant à la formation du corps
municipal, qui avait le droit de conférer la noblesse à deux citoyens chaque année. Les chirur-
giens, les apothicaires, les peintres et les sculpteurs
votaient avec les artisans. La classe supérieure
était celle des nobles, des bourgeois honorés, des
docteurs en droit et en médecine. De cette catégorie
évidemment faisaient partie don Emmanuel et son
gendre, tout comme le beau-père de ce dernier.

Le soufflet n'était pourtant pas d'un gentilhomme, en ce qu'il s'appliquait à une femme, et
celle-là avait encore plus le droit d'être infidèle à
son amant qu'à son mari. L'outrage manuel n'était
dû qu'à l'odieux rival, ce moine à demi-défroqué
devenu l'incube, l'âme damnée de l'inconstante. La

colère indignée, qui se trompait d'adresse, eût même
pu fondre sur un adversaire moins indigne d'une
réparation d'honneur. Est-ce qu'il n'y avait pas du
choix? La réputation irrachetable de Téréza ne
gagnerait rien à ce qu'elle n'eût aimé que des co-
quins, comme Monfar et la plupart de ses acolytes.
Dans ce cas-là, restent encore dues des actions de
grâces de ce que cinq grossesses, en quatre ans de
mariage, ne l'aient pas rendue mère.

Moins habile que la Brinvilliers, elle échoue dans
des tentatives d'empoisonnement, auxquelles échap-
pent deux fois don Emmanuel, une fois sa fille.
L'avortement de ces entreprises criminelles prouve
qu'au lieu d'en confier la direction à Monfar, elle s'en
est rapportée encore à des complices subalternes.

Ah ! par exemple, il faut que la main du maître
ait mené l'affaire quand c'en est fait de la victime
principalement désignée. Le 20 décembre 1661,
M. Nicolas de Massolt, membre du conseil souverain du Roussillon, est appelé à constater que don
Emmanuel de Saint-Dionis gît inanimé dans une
salle au rez-de-chaussée de la maison Delfau, où il
a été assassiné nuitamment dans son lit. Pour qu'il
ne reste plus de doute sur le résultat de l'attentat,
un sergent de la cour se penche à l'oreille de la victime, en lui disant inutilement : « Don Emmanuel

de Saint-Dionis, le roi vous demande. » Puis, des
hommes de l'art se rendent compte des cinquante-
deux coups de poignard portés, dont plusieurs ne
sont pas simples, et d'une blessure à la tête qui a
fait jaillir la cervelle.

Grand émoi dans la ville. Toutefois nul n'y croit
encore à l'infâme étendue de la culpabilité d'une
femme de vingt ans, qui passe pour n'avoir commis
que des fautes qui regardent son mari. L'enterre-
ment a lieu à la cathédrale. Lorsqu'on enlève le
cercueil, pour l'y descendre dans une tombe de la
chapelle du Saint-Sacrement, une goutte de sang en
découle, ce qui est pris pour un indice de la présence de l'un des meurtriers dans l'assistance. Néanmoins la grande coupable, n'étant pas même encore une prévenue, passe tranquillement, pour sortir de l'église, entre deux statues qui représentent
alors, sur le parvis, Perpignan et le Roussillon :
chemin suivi par le roi qu'on vient d'invoquer pour
la forme, c'est-à-dire par Louis XIV, lors de sa visite triomphale, comme l'avaient auparavant suivi
Mlle Montpensier, puis Mazarin.

Il n'y a décret de prise de corps contre doña Téréza et le moine que le 10 janvier 1662, sur les
aveux d'un complice, le page Cayrell. Comme la
dame se trouve enceinte, sa cinquième fausse-cou-

che a pour témoins, le mois suivant, sous les ver-
rous, trois gardiens ou soldats chargés de la sur-
veiller, bien que des soins lui soient donnés en
raison de son état particulier, aux frais de son
mari.

Pour Monfar, il a pris la fuite ; c'est fort prudent,
car il a présidé à l'exécution, sous les inspirations de
la furie, altérée de vengeance, qui lui avait donné
une chaîne d'or, en recevant la promesse d'être dé-
barrassée de dona Narcissa ensuite. Ce chef d'expé-
dition a commandé lui-même les fausses clefs, au
moyen desquelles sept gredins au moins, en le
comptant, sont entrés, sous le déguisement de soldats suisses, dans la maison : le page avait eu le
soin de n'en pas fermer les portes au verrou comme
il le faisait ordinairement pour la nuit. La justice,
qui plus est, a retrouvé chez ce Monfar le marteau,
pesant quatre livres, qui a brisé le crâne du gentilhomme, criblé de coups par ses bourreaux comme
s'il avait la vie aussi dure que leurs âmes. Il est
aussi reconnu que cet instrument contondant a été
acheté tout exprès par un ancien miquelet, Marset
dit Culgat, qui, étant un ami du moine et cabaretier, profitait d'immunités ecclésiastiques pour payer
le vin moins cher que ses confrères. Il y en a bien
assez pour compromettre aussi ce cabaretier, qui

15

n'aura pourtant que trois ans plus tard à répondre devant les juges de la part qu'il a prise au crime.

On avait arrêté le capitaine Garau, que Téréza s'était attaché par de gracieuses faveurs avant que d'en faire un de ses sicaires ; mais il est parvenu à s'évader. Ce traîneur de rapière a été tué dans une querelle, en juillet 1663, entre Nyer et, Olette. Dans les mêmes conditions absolument don Joseph, autre capitaine, natif de Perpignan, était entré et resté au service de la dame, qui venait de l'exposer à bien mal finir à cause d'elle ; seulement il ne s'est pas laissé prendre.

Quant à l'instigatrice forcenée dont les caresses, les cadeaux et l'argent ont payé le zèle des cruels et lâches exécuteurs de ses rancunes, elle opposait aux accusations des dénégations absolues, mais qui ne l'ont pas sauvée du châtiment que le *Diction-naire de la noblesse* passe sous silence. Le père An-selme en convient plus franchement, tout en faisant ses restrictions, outre qu'il se trompe de date : « Elle fut accusée, dit-il (¹), d'avoir fait assassiner un de ses galants dont elle aurait reçu un soufflet et, quoiqu'il n'y eût que des indices qui n'étaient

---

(¹) *Histoire généalogique de la maison royale de France, des grands Officiers de la couronne*, etc.

pas convaincants, elle fut exécutée et eut la gorge
coupée par la main du bourreau en 1663. »

Du moment que cette accusée de haut parage n'a
pas échappé à la condamnation capitale, nous avons
tous pitié de sa faiblesse, qui lui a coûté bien plus
cher que si elle fût née paysanne. Dès qu'on lui
avait demandé sa signature au bas d'une page, qui
relatait probablement ses réponses aux premiers in-
terrogatoires, il lui avait fallu avouer, elle qu'on
traitait encore avec distinction pour une prisonnière, qu'elle ne savait pas même écrire. Sa belle-
sœur, qu'elle avait tant haïe et voulu faire mourir,
s'est montrée assez indulgente pour déclarer à deux
reprises, avec l'assistance de son mari et de ses parents, qu'elle pardonnait le meurtre de son père, en
priant la cour de cesser les poursuites.

Néanmoins, le conseil souverain, présidé par
M. de Sagarra, condamnait, le 12 mai 1662, Téréza
de Béarn à une sorte de dégradation nobiliaire, à
faire amende honorable devant Notre-Dame, un
cierge de trois livres à la main, puis à être décollée
devant la Loge.

La question pouvant arracher aux condamnés à
mort des aveux et révélations utiles, M. de Prat,
conseiller du roi en ladite cour, a procédé à la
cruelle application de cette peine supplémentaire.

Le procès-verbal ne cache pas qu'il a fallu lui apporter la condamnée : la pauvre femme n'avait mangé depuis vingt-quatre heures qu'une laitue cuite. Le médecin Balthazar Boig, le chirurgien Puig et le notaire Albafulla assistaient officiellement à la séance. Près des instruments nécessaires à la sinistre expérience, il y avait du pain, du vin et de la lumière, le lieu de la scène étant sans doute une sombre salle de la Conciergerie. De nouvelles protestations d'une innocence dont la patiente prenait toujours la Sainte Vierge à témoin, et des exclamations douloureuses, qu'un évanouissement a suivies, c'est tout ce qu'a produit la torture dont trois *tourments des pouces* et un *des manchettes* avaient mis le sujet dans un état si pitoyable qu'il fallait renoncer à poursuivre les épreuves.

Le médecin et le chirurgien tenant à remplir le serment qu'ils avaient prêté de dire toute la vérité, sauvegardèrent le principe en déclarant dans leur rapport, en style ridicule, que la suppliciée avait trop facilement subi les quatre épreuves pour ne s'y être pas préparée par l'absorption de quelque drogue, qui avait endormi la douleur, puis le sujet.

L'exécution capitale étant remise au lendemain, on a pris des précautions inusitées en raison de quelques tentatives déjà faites pour délivrer la prisonnière. Les portes de la ville sont fermées, et les troupes sous les armes, quand monte pour la dernière fois dans son carrosse Téréza de Béarn, n'y ayant plus pour cavaliers que le bourreau et ses aides. Sa tête, bien que déjà pâle comme la mort, s'admire encore, quand on la voit passer par la portière, dont un couperet, levé d'une main ferme et exercée, lui fait une guillotine.

La population de Perpignan avait encore de la peine à se faire à l'idée que cette grande dame, si admirée, si catholique, eût réellement mérité de passer par les mains du bourreau. On s'est bien moins intéressé à la décapitation de Joseph Cayrell, qui avait lieu le 19 du même mois sur un échafaud, au pied des fourches patibulaires. L'impunité de Culgat se prolongeait; mais ce n'est à l'étonnement de personne qu'après une nouvelle information, ce complice était condamné, le 29 février 1665, à ramer pendant sept ans sur les galères du roi.

Un écrit en langue catalane avait cherché l'année précédente à répandre des doutes sur la criminalité de la femme qui avait été Mme de Béarn, et le père Anselme s'est inspiré de cette plaidoirie posthume. Il n'a toutefois pas reproduit un bruit public d'après lequel M. de Sagarra, président de la cour, en vou-

lait personnellement à la coupable, quand elle n'é-
tait encore qu'accusée, à titre d'amoureux dépité.

Malgré ces protestations rétrospectives et frap-
pées surabondamment de forclusion, le souvenir
que nous venons d'exhumer était tombé, comme par
grâce, dans un oubli, relativement prompt, dont n'a-
vaient qu'à se louer les parents. Don François de
Béarn n'avait laissé qu'une fille; elle était de sa
seconde femme et avait épousé don Juan d'Oms, neveu maternel de la troisième ; leurs enfants ont hé-
rité des biens de la famille, dont le nom ne s'était
éteint que dans cette branche. Dès lors on s'entre-
tenait si peu de l'affaire qu'il était permis de ne plus
croire à la conclusion qu'elle avait eue pour Téréza
de Béarn. De cette victime peu commune de ses
passions, il restait un portrait qui protestait encore,
car elle y demeurait adorable ; il s'est perdu sous
la Terreur. Serait-ce, par hasard, qu'on le prenait
alors pour le portrait d'une sainte ? Cette équivoque
faisait bien mettre en pièces les deux statues du
parvis de la cathédrale !

LEFEUVE.

LE FACTEUR

Accourez, ô facteur ! venez, homme aux nouvelles,
Porteur du griffonnage éclos dans nos cervelles.
Dites, dans votre boîte, entendez-vous parfois
Chuchoter ces feuillets, écrits par tous les doigts ?
Dans ce coffre de cuir tout se mêle et se touche :
Les bâtons sont jetés sur les pattes de mouche,
Le billet mal appris sur le billet bien né,
Et, dans cette cohue, un papier satiné
Rencontre un gros papier graisseux, qui le coudoie,
Comme un tablier frôle une robe de soie.

Bon facteur, quand il faut que vous nous apportiez
Quelque billet fatal, quelque lourd pédantisme,
Arrivez lentement, comme si vous traîniez
    Tous les boulets du rhumatisme.

Accourez et volez comme l'oiseau des bois,
Quand vous portez chez nous de ces lettres sacrées
Que des enfants chéris, des mères adorées,
Nous écrivent avec le cœur au bout des doigts.

Mais vous courez toujours, aussi vif que la poudre ;
Vous n'en savez pas plus quand vous venez, facteur,
Qu'un nuage ne sait s'il porte à l'arbre en fleur
    L'eau rafraîchissante ou la foudre.

Porteur d'affections, de billets bienfaisants,
Qu'un ami nous envoie et qu'une larme mouille,
Homme du souvenir, vous effacez la rouille
Qui se fait dans le cœur sur le nom des absents.

Les lettres, où chacun laisse son autographe,
Font bavarder sans bruit le papier blanc ou bleu :
L'un y met son esprit, l'autre son âme en feu,
  L'autre ses fautes d'orthographe.

Et vous nous apportez, indifférent et prompt,
La lettre qui ruine et d'où sort la misère,
La lettre d'héritage, en argot de notaire,
Qui nous promet de l'or, dans un style de plomb ;

L'épître de Lucrèce ou bien de Pénélope,
Que dicte la vertu ; le billet de Damis,
De Pâris, de Clitandre, où l'on semble avoir mis
  Le Vésuve sous enveloppe ;

Le billet de marquise, armorié, musqué ;
La lettre où chaque mot, rempli de haute estime,
Gèle sur le papier ; puis la lettre anonyme,
Qui frappe lâchement, comme un bravo masqué ;

Puis les billets d'hymen, de décès, puis encore
Le billet qui vient dire : « Un enfant nous est né, »
Et dont le papier semble un berceau satiné,
  Où le nouveau-né vient d'éclore.

Ils disent : « On arrive, on se marie, on part. »
Ce sont de nos foyers les histoires exactes :
La vie, en général, est un drame en trois actes,
Que l'on fait imprimer sur trois billets de part.

La pensée entreprend des voyages d'affaire
Et va, grâce au facteur, au plus lointain quartier :
La boîte est son wagon, la loge du portier
    Est son humble débarcadère.

Mais la poste transmet des billets infernaux,
Bien des papiers vergés se couvrent de scandales.
Vous n'êtes que trois sœurs, vertus théologales,
Mais on a, par malheur, sept péchés capitaux :

Don Juan écrit souvent plus d'une épître habile,
Judas fait son courrier. Brave facteur, vois-tu,
L'encre dont on se sert dans notre grande ville
    Est de la petite vertu.

Ecrivez, cachetez et lancez vos messages,
Car le pauvre facteur vit de vos griffonnages :
Pour gagner sa journée, il s'en va circulant
Lorsque vous avez mis bien du noir sur du blanc.
Il craint d'être au repos comme un navire à l'ancre :
Le flot qui l'apporta n'est-il pas un flot d'encre ?

Grattez la page avec vos plumes de métal ;
Chaque siècle a sa plume, un instrument fatal
Ou sublime. Au vieux temps de sa grande épopée,
Rome avait le poinçon taillé comme une épée ;

Nos beaux aïeux poudrés, aux légers madrigaux,
Ne voulaient se servir que de plumes d'oiseaux,
Et pour soumettre Iris, cruelle, rose et fraîche,
Prenaient leur plume blanche et la taillaient en flèche ;
Notre siècle de fer, qui marche un train d'enfer,
A les chemins de fer et les plumes de fer.

La poste est là pour tous, sages, fous, bons et traîtres :
Toutes les passions sont dans la boîte aux lettres.
Jetez-lui, commerçants, créanciers, amoureux,
Votre écriture anglaise avec vos rêves creux ;
La boîte est serviable, en quelque endroit qu'on aille.
Toujours ouverte, ainsi qu'une bouche qui bâille :
Elle bâille en, effet, d'ennui de recevoir
Autant d'absurdités du matin jusqu'au soir.

Anaïs SÉGALAS.

LA BATAILLE DE BOUVINES

Bouvines est une sublime bataille de chevaliers, à la fois lutte patriotique contre l'Empire, l'Allemagne, la Flandre, l'Angleterre, l'Europe presque entière, qui prétendait, comme au temps de Louis XIV, partager la France déjà grande et enviée ; et lutte religieuse de la nation catholique par excellence contre ces âpres et grossiers Germains, qui en avaient assez de la domination de l'esprit, et rêvaient le Pape sujet de l'Empereur, l'Eglise ruinée. « Je n'ai pris les armes, disait Othon, que pour réduire le clergé à vivre d'aumônes !... et ses biens confisqués, ajoutait-il à ses hommes d'armes, vous saurez mieux en jouir ! »

A cette nouvelle et formidable invasion de Barbares (ils étaient cent cinquante mille à Bouvines), la France entière se lève, les communes et leurs compagnies à pied, la noblesse et ses cinquante-cinq mille chevaliers ; le roi va chercher à Saint-Denis l'oriflamme et le déploie comme aux jours sacrés de la Croisade, et part avec ses capitaines qui s'appellent Coucy, Guarin, Wallo, Saint-Pol, Montmorency ([1]). Cette armée s'avance, unie, résolue, et l'ennemi, reconnaissant les fils des Celtes de l'Armorique, des Gaulois de Brennus et des Saliens de Clovis, s'arrête et s'étonne : « Soyons prudents, disent-ils, car ces Français ne reculent jamais ; ils vainquent ou ils meurent ! » Ainsi le prince Eugène dira au XVIIe siècle : « Tâchez de vaincre le général français ; car, pour les soldats, n'espérez pas les battre. »

On a prêté au roi Philippe-Auguste un discours qu'on croyait grand et qui n'est qu'invraisemblable et impossible : « Si l'un de vous est plus digne de porter cette couronne, *etc.* » Ce qu'il fit est autrement grand et propre à hausser le cœur. L'armée est rangée en bataille : Philippe, entouré de ses barons, comme Napoléon de ses généraux, du haut d'une colline examine la plaine. Il est midi, et le soleil de juillet resplendit dans les cieux ; en avant de sa tente, le roi se fait apporter une coupe de vin, y trempe quelques morceaux de pain, en prend un, et, présentant la coupe à ses seigneurs : « Qu'il

([1]) Guarin ou Guérin, qu'Eugénie de Guérin a revendiqué comme un de ses ancêtres. Ce fut lui qui *ordonna* la bataille de Bouvines.

suive mon exemple, celui qui veut être à la vie, à
la mort avec moi ! » La coupe passe de main en
main et se vide, souvenir chrétien de la Cène,
communion traditionnelle du roi et de ses leudes.
Puis avec une nuance de mélancolie, et non sans
habileté peut-être : « Vous le voyez, je suis roi, je
porte la couronne, mais qui suis-je ? un homme
comme chacun de vous, un homme isolé, isolé si
vous ne m'aidez, si vous ne me soutenez ! » Il porte
la main à sa tête et ôte sa couronne : « Vous aussi,
vous êtes tous rois, vous l'êtes, car seul je ne peux
gouverner, je ne peux rien sans vous ! » Est-ce une
scène de Shakespeare ? un poète l'a-t-il arrangée
pour le plus grand effet du spectacle ? C'est l'histoire, simple, telle qu'elle fut ; les paroles de Philippe-Auguste sont les paroles d'un roi féodal du
XIIIe siècle, d'un prince suzerain à ses barons.

Est-ce tout ? non ! Les scènes héroïques se succèdent :« Qui portera ma bannière ? C'est toi, Wallo ?
— Moi, pauvre et simple chevalier ! qui suis-je,
mon Seigneur, pour que vous me confiiez votre bannière ? — Prends-la, et ne crains rien ! » — Alors
Wallo, avec l'enthousiasme de la bataille :« Votre
bannière, Seigneur roi, a soif de sang, eh bien, je
l'en abreuverai ! »

Mais ce n'est pas encore la bataille : l'armée

attend le signal ; ce signal ne sera donné que lorsque
Dieu aura été invoqué, appelé à être juge entre les
peuples. Les évêques, les prêtres, les chapelains
viennent de célébrer la messe : car c'était la coutume de ces chevaliers de ne pas aller à la bataille
dénués de l'aide de Dieu, de même que les athlètes
antiques sans avoir oint d'huile leurs membres
pour la lutte. Ils se confessaient et communiaient,
« comme une préparation pour le grand péril qui
les menaçait », et cette confession, au lieu d'amollir
leur cœur, « leur inspirait, dit Hurter, un courage
extraordinaire et explique tant d'actions prodigieu-
ses dans les combats ». A Cocherel, Duguesclin dit
à ses troupes : « S'il y a quelqu'un de vous qui se
sente empêché mortellement, je vous prie bonne-
ment qu'il s'en aille confesser. » C'est ce qu'ont fait,
à Crécy, le roi d'Angleterre, Edouard III, le Prince
Noir et la plus grande partie de son armée : ils se
confessèrent et communièrent avant la bataille ; à
Poitiers, le roi Jean communia avec ses quatre fils.

Le roi, alors, s'avance et s'adresse à ses soldats :
« Nous combattons pour une cause sainte : ceux qui
sont devant nous sont excommuniés et ennemis de
l'Eglise ! En Dieu est toute notre espérance ! Mon
Dieu ! vous nous donnerez la victoire sur vos ennemis et les nôtres ! ». Ainsi, Simon de Montfort, avant

la bataille contre les Albigeois, déposait son épée sur l'autel : « Seigneur, accordez-moi qu'en combattant pour votre honneur, je le fasse avec justice ! » Et l'armée : « Mon Seigneur, bénissez-nous ! » Le roi, dans le monde chrétien, était père ; les soldats du Czar l'appellent encore ainsi quand il arrive devant le front de bataille : « Salut, notre père ! » Et le roi, comme Moïse, au moment du combat, élève les mains vers le ciel et le supplie d'assister ses enfants. Les trompettes retentissent, les chapelains et les clercs entonnent le chant de prière, le psaume *Benedictus sit Dominus Deus* ! et les larmes couvraient leurs visages et les sanglots interrompaient leurs chants, dit le chroniqueur, « car ils prévoyaient que du sang chrétien allait être versé ».

La bataille commence, cette bataille, « la plus importante et la plus grande depuis celle de Charles Martel contre les Sarrasins (¹) », avec tous les traits de bravoure et d'héroïsme et les combats singuliers, qu'on lit dans Homère : les rois se cherchent pour se prendre corps à corps, Philippe-Auguste est renversé de son cheval, près de périr, et une terrible lutte s'engage autour de lui ; Coucy, nom chevaleresque et légendaire, apparaît dans la mêlée comme

(¹) Hurter.

un géant et, du haut de son coursier, « fauchant, de son sabre recourbé la foule des ennemis. » Saint-Pol voit un de ses hommes en danger; il prend à deux mains le cou de son cheval, et, couché dessus, comme les Indiens des prairies, entre à travers les lances, tout à coup se redresse, et, de sa masse d'armes, abat les ennemis à droite et à gauche, saisit son écuyer, l'enlève et le sauve. Et ce Montmorency, possesseur de six cents fiefs, qui se battait comme un soldat, — les plus grands alors devaient être les plus forts, — le voyez-vous revenant tout sanglant de la bataille, avec douze drapeaux ennemis portés après lui? Et cette rencontre avec son roi: le roi, de son doigt trempé dans le sang, touche son écu et y trace douze croix rouges: « Tu avais quatre alérions; d'aujourd'hui, tu en porteras seize, pour les bannières que tu as conquises! »

Et, enfin, après les vaillants coups de lance, les coups hardis de langue : ces héros parlent comme ils se battent. A la suite de cette victoire et de la déroute complète des ennemis, Paris reçut son roi en triomphe, les cloches sonnant à toute volée, les rues jonchées de rameaux verts, les maisons tendues de tapisseries, le peuple dans un délire de joie. C'est à cette occasion que l'église de Sainte-Catherine-*des-Ecoliers* fut fondée par les sergents d'ar-

mes, qui voulurent laisser, dans une institution
pieuse en faveur des étudiants, un témoignage de
leur reconnaissance à Dieu pour la victoire de Bouvines. Les princes étrangers qui, jusqu'alors,
étaient demeurés irrésolus et attendaient l'événement, crurent devoir alors se décider, se ranger
aux côtés du victorieux, et l'un d'eux, le duc de
Brabant, écrivit au roi, pour le féliciter. Mais Philippe ne s'y trompe pas ; et, ici, point de ces subti-
lités de chancellerie, de ces phrases mielleuses des
diplomates, auxquelles nul ne croit. Voilà sa réponse : deux billets, un blanc, et sur l'autre ces deux
lignes : « Comme ce papier manque d'écriture, de
même, duc, ton cœur manque de fidélité et de véracité ! » Voilà les mots qui sortent, francs et droits,
des lèvres rouges du vainqueur de Bouvines !

Le soldat français est le successeur du chevalier :
les histoires de l'Empire, des campagnes d'Afrique,
de nos dernières guerres, sont pleines de traits et de
paroles sublimes : « Pourquoi reculez-vous? dit Murat à un colonel qui, ayant perdu la moitié de son
régiment sous un feu épouvantable, commandait
un mouvement de côté. — Vous voyez bien qu'on ne
peut pas rester ici ! — *J'y reste bien, moi* ! répond le
roi de Naples. — C'est juste ! Soldats, face à l'ennemi ! » Murat vous semble-t-il assez Achiléen ! Et

16

en Afrique :« Où est le rendez-vous ? demande-t-on
au colonel Tartas, avant un combat contre les Arabes
trois fois supérieurs : — *A mon fanion, derrière l'ennemi !* » Et, en effet, il traverse l'ennemi de part en
part. Et cette harangue de Ganrobert devant Zaat-
cha : « Zouaves, si la retraite sonne, *sachez que ce
n'est pas pour vous !*

Plutarque a fait un recueil des *dits mémorables
des Lacédémoniens*, et plusieurs de ces « dits » mémorables sont des « dits » détestables. Laissons Thé-
mistocle, Aristide, Scipion et Epaminondas, et tour-
nons nos regards vers la société chrétienne ; elle
retentit d'assez fiers et généreux accents : magnanimité, dévouement, actions héroïques, son histoire
en est tissue. Qu'on le sache, si l'on brûlait toutes
les histoires de l'Antiquité, nous avons de quoi les
remplacer, et avec bénéfice encore !

Eugène LOUDUN.

L'ENTRÉE DES COULISSES

Qui ne s'est dit : Oh ! que je voudrais voir les coulisses !

Ayant le monde devant les yeux !

Lorsque l'œil est vif, que la joue est rose, que le menton est lisse ; lorsque l'on croit à tout, que le frou-frou d'une robe fait rêver et que ce rêve empêche de dormir.

Lorsque le drame fait pleurer, qu'on sort du théâtre aimant la jeune première, estimant le jeune premier et haïssant le traître ; lorsque l'on a quinze ans, enfin, qui ne s'est dit : — Si je pouvais entrer dans les coulisses ?

* *

Un soir, après avoir acheté sur le comptoir d'un marchand de vins la protection d'un machiniste, je me glissai sur ses pas dans le couloir sombre de ce monde mystérieux : le théâtre.

Rampant sur les dalles boueuses du corridor pour éviter le guichet du concierge, je gagnai l'escalier et m'élançai dans le cintre.

Ma cervelle bouillait, le sang battait mes tempes, mes nerfs fouettaient ma peau, je tremblais.

*
* *

Caché dans les trucs, j'attendais, anxieux, le commencement du spectacle.... Les trois coups frappés, je descendis timidement un étage.

C'est là qu'étaient les figurantes.

Pauvres filles ! elles grelottaient dans leurs maillots de coton, leurs figures plâtrées se refusaient au sourire qui gerce le maquillage et ride le front.

Leurs costumes, qui du parterre semblaient si riches, si frais, si beaux, étaient pauvres, sales et fanés ; de leurs bouches, que le carmin faisait jeunes, des mots grossiers tombaient.

Naïf ! je leur souriais....

*
* *

Elles rirent ! je me sauvai et descendis un étage.

C'est là que se tenaient les choristes.

Leurs costumes étaient plus riches : leurs maillots étaient de soie, leurs broderies de galons dorés.... Tout cela était bien encore un peu fané, mais enfin l'ensemble était gracieux.

Je m'avançai souriant.

Leurs yeux estompés, leurs figures peintes, leurs sourires dessinés sur les joues me firent peur, je me sauvai.

*
* *

L'étage en dessous était occupé par les danseuses. Le ballet venait de finir.

C'étaient elles.... elles, les almées voluptueuses qui m'avaient brûlé l'âme de leurs regards de feu et de leurs poses nonchalantes.

Mon cœur battait ma poitrine, un brouillard voilait mes yeux.... C'étaient elles ! elles !!...

J'appuyais mes mains sur mon cœur, l'écrasant comme en une tenaille. Une minute se passa ainsi, la force me vint, et je m'avançai vers elles.

Oh ! les belles !

*
* *

Horreur ! la sueur ruisselait sur leur front que je rêvais si pur; le blanc, le rouge et le noir tatouaient les visages que j'avais vus si beaux.

Ces bouches que j'avais rêvées des nids à sourires, des cassolettes à parfums, ces bouches contractées avaient peine à laisser échapper leur haleine poussive....

Je me cramponnais à la rampe pour ne pas tomber. Elles me regardèrent surprises d'abord.... puis, entre deux oppressements, elles me dirent en riant :

— Qu'est-ce qui a apporté ça ?

Honteux, confus, je descendis rapidement les deux étages qui restaient... J'étais sur la scène.

Enfin, j'étais donc dans le monde artiste, que je désirais tant voir, près de ceux qui m'avaient fait rire et pleurer, près de ceux avec lesquels j'aurais voulu vivre.

Je vis alors la jeune première ! Qu'elle était belle ! Oh ! comme elle méritait bien les larmes que j'avais versées. Ses cheveux blonds, tordus en nattes lourdes, encadraient son visage jeune et rose, ses cils étaient longs et bruns, ses yeux brillaient noirs et humides, sa bouche fraîche était le digne écrin de ses dents d'une éclatante blancheur.

Et puis, comme il était bien digne d'elle, son costume : la soie emprisonnait son buste, le satin jouait sur ses hanches souples, la dentelle couvrait ses bras fins et les diamants scintillaient sur son col superbe.

Elle entra en scène, je me précipitai sur un décor, et par un trou, pratiqué par les machinistes, je l'admirai.

Lorsqu'elle sortit pour changer de costume, près d'un portant, indiscret, je cherchais à la revoir encore.

Qu'elle était belle !

Elle devait, dans un travesti, rentrer vite en scène. Elle se hâtait donc !

D'abord, elle retira quelques épingles et ses cheveux, ses beaux cheveux tombèrent !

Elle passa l'éponge sur son visage, et la peau devint rude !....

Quand elle eut changé de costume, elle était maigre !.,.. elle était vieille !....

Je me sauvai.

* *

Mêlé aux oisifs et aux enthousiastes qui attendent à la porte la sortie des acteurs, j'attendis.

Oh ! si vous saviez ce que tous ces gens-là disaient d'elles !

Puis, elles passèrent une à une.

Presque toutes maigres, chétives, pauvrement vêtues.... ensevelies dans des tartans affreux.

Elles passèrent insoucieuses.... les laides ! emportant toutes nos illusions !

Elle !.... elle surtout, la jeune première à laquelle je n'osais parler... tant je la trouvai... respectable.

Et je restai là, seul, seul !

Cette histoire a vingt ans.

Aujourd'hui, je regarde autour de moi. Je regarde ceux avec lesquels j'ai vécu, avec lesquels je vis, et je regrette.... mes désillusions d'autrefois....

Au théâtre, chaque soir, le blanc, le rouge et le costume tombent, le roi ou le laquais redevient un homme.

Dans la vie, masque éternel, costume et fard, il faut que le ver les ronge dans le tombeau pour qu'ils vous quittent.

La vie ment bien plus que le théâtre !

*
* *

Heureux le sage qui peut, sous l'aile sacrée de la famille, vivre sans chercher dans un monde factice la réalisation d'un songe creux ; et, ma foi ! heureux le monde, puisqu'on ne peut, comme au théâtre, la comédie finie, arracher aux acteurs et leurs masques et leurs costumes.

Ah ! sans cela, quel mépris nous aurions pour l'humanité !

Alexis Bouvier.

LE CAS DE M. PERCHERET

Je vais vous conter uné histoire,

comme on chante dans le *Postillon de Lonjumeau*. Et, comme dans le *Postillon de Lonjumeau*, j'ai le droit d'ajouter :

C'est véridique , on peut m'en croire,
Et connu de tout le..... quartier !

car elle a fait sensation , l'aventure dont je vais, le plus brièvement possible, vous raconter les émouvantes péripéties.

Or donc, Percheret s'était marié.

Rien d'extraordinaire jusqu'ici.

Mais Percheret aimait sa femme.

Cela devient original.

Il faut vous dire, pour expliquer cette originalité-là, qu'elle était charmante, Mme Percheret. Oh ! mais charmante. Et d'une manière tout à fait spéciale.

Elle était de la catégorie des femmes qu'on peut appeler capiteuses.

C'était plus fort que lui, quand Percheret, que la nature était loin d'avoir favorisé, tout en le dotant du plus incandescent des tempéraments, quand Percheret sentait dans sa large main le bout dés petits doigts roses de sa magnétique épouse, un frisson le traversait de la tête aux pieds.... Que voulez-vous, on ne se refait pas, et lorsqu'on adore sa femme de cette façon-là....

D'ailleurs, il en faut comme ça pour lutter contre la dépopulation de la France.

Mais le destin ironique semble prendre un malin plaisir à ne jamais équilibrer les poids dans la balance du mariage.

Tandis que la passion de Percheret, l'excellent garçon, allait se surchauffant, Mme Percheret dégringolait à toute vitesse vers le *zéro* de l'indifférence.

Si encore elle s'en fût tenue là !....

Mais une femme qui se sent du magnétisme, éprouve toujours le besoin de l'exercer sur quelqu'un.

Blasée en ce qui concernait son mari, elle avait naturellement cherché un nouveau sujet d'expériences électriques.

Quand on cherche, on trouve toujours en pareil cas.

Le nouveau sujet était un beau garçon du voisinage. *Même maison,* comme on dit dans les publications de mariage.

De quelle manière ils s'étaient rencontrés, dans l'escalier d'abord, comment il l'avait suivie, comment leur première conversation s'était engagée, comment, enfin, ils avaient parcouru à deux les étapes de la route de l'adultère ; il serait trop long, et, de plus, parfaitement inutile de vous le dire.

Je ne fais pas de romans avec suite au prochain numéro.

A l'heure où se place l'épisode que, seul, nous avons à vous raconter, la liaison extra-légale de Mme Percheret et de son voisin était en plein exercice.

Homme prudent et expérimenté, le galant avait loué, dans les parages des fortifications de Montrouge, un petit pavillon isolé où avaient lieu les entrevues.

Fort bien choisi, ce *buen retiro,* qui donnait sur une rue déserte percée à travers des terrains vagues.

Pas de regards indiscrets à redouter. Le pavillon était parfaitement isolé. Pas même de concierge.

Les deux tourtereaux arrivaient, chacun de son côté. On glissait une clef dans la serrure... Vous devinez le reste...

Mais si bien gardés que soient ces secrets-là, comme il est rare qu'une circonstance fortuite ne vienne pas déjouer toutes les précautions habilement prises !

C'est ce qui arriva.

Percheret fut mis au courant par un bout de billet tombé de la poche de sa femme. Coup de foudre !

Celle qui!... celle que!... celle dont!... Elle le trompait ! Un autre avait savouré l'enivrante puissance de ce regard fascinateur qui exerçait sur ce pauvre mari une domination si parfaitement irrésistible.

Un autre !

Sa résolution fut prise immédiatement.

Percheret n'était pas homme à mettre du sang dans l'affaire.

Le duel ne cadrait pas avec ses idées pacifiques.

Le : *Tue-la* de Dumas fils ne lui vint pas non plus à la pensée, tant il se sentait sûr de ne pouvoir exécuter une semblable résolution, s'il avait eu la témérité de la prendre.

Tue-la ! ! ! Elle dont il ne pouvait s'approcher

sans un frémissement qui était tout à fait le contraire
de la haine !...

Percheret se souvint seulement qu'il y avait des
juges à Paris pour venger l'honneur outragé des
époux qui désirent ne pas opérer eux-mêmes.

Des juges... et des commissaires de police aussi.

Il s'en fut trouver un de ces respectables fonc-
tionnaires, lui donna tous les détails, lui indiqua
l'adresse ainsi que l'heure du rendez-vous... Neuf
heures du soir, disait le petit papier.

— J'y serai, Monsieur, avec tout ce qu'il faut
pour verbaliser.

— J'y serai aussi.

Sur quoi Percheret, ne voulant pas rentrer chez
lui de peur que son agitation ne le trahît, se mit à
errer dans Paris en attendant l'heure fatale.

Il croyait aller à l'aventure. Erreur candide !

Après un certain nombre de zigzags, il se trouva
à Montrouge. Une invincible attraction l'avait at-
tiré de ce côté.

Et comme pour justifier à ses propres yeux sa
présence dans ce quartier :

— Ils n'auraient qu'à m'échapper, soit en venant
plus tôt, soit... Je vais moi-même organiser ma
surveillance. De cette façon-là le commissaire sera
bien sûr de ne pas faire buisson creux.

Ce disant, il s'embusqua dans un coin sombre.

Oh ! un coin qu'on aurait dit fait exprès. Facilité de tout voir à travers les planches d'une palissade ; impossibilité d'être vu.

Au bout d'un certain temps, un roulement de voiture gronda au loin, troublant pour la première fois le silence morne.

Le roulement se rapprocha.

Puis à quelque distance la voiture fit halte.... Une femme en descendit.

C'était elle....

Elle arrivait la première.

Le cœur de Percheret battait à déplacer sa cravate.

Elle s'achemina vers la maison solitaire. La clef grinça.... Elle disparut !....

Pendant cinq minutes, Percheret eut la patience de rester immobile dans son embuscade.

Cinq minutes.... Mais pas une seconde de plus.

A la sixième minute, il fit trois pas en avant.... trois autres ensuite.... encore trois autres....

A la dixième minute, il s'était, forçant la porte d'un coup d'épaule, précipité dans le pavillon.

— Corbleu, Madame !!!....

L'explication commença par être terrible.

Les anathèmes s'élançaient à flots pressés de la bouche de Percheret.

Les gémissements s'échappaient éplorés de la bouche de sa femme.

— Moi qui vous aimais tant !

— Par pitié, Christophe !... Je vous en prie...

— Oh ! cet homme ! cet homme qui va venir !...

— Non, mon ami, il ne viendra pas... La Providence a voulu qu'il ne vînt pas... Malade, il m'informe par une lettre que j'ai trouvée en arrivant ici, qu'il ne peut...

— Ah ! il ne viendra pas !...

La voix de Percheret avait pris malgré lui une intonation de satisfaction.

Madame suppliait toujours.

— Christophe ! je t'en conjure.... J'ai été bien coupable !.. Mais toute une vie d'affection... si tu me pardonnes...

En même temps, elle s'était approchée, belle et touchante, à travers ses larmes.

— Christophe !...

Elle lui avait pris la main. Et la secousse électrique de se produire.

— Christophe ! rappelle-toi notre bonheur passé... Quand, m'enlaçant dans tes bras... tu sais !... Pour un moment de folie, faut-il que ces douces joies soient à jamais perdues !...

— Oh ! l'électricité féminine ! l'électricité féminine !

— Non... tu ne me repousseras pas !... Non...
tu ne...

....

A la fin de l'explication, Percheret se mit aux genoux de sa femme.

Quand tout à coup, la porte s'ouvrant, une voix
sonore :

— Le flagrant délit est impossible à nier... Au
nom de la loi, je vous arrête !...

Percheret se retourna... C'était le commissaire de
police !...

Pierre VÉRON.

INDULGENCIA PARA TODOS

———

> Write injury in sable,
> But kindness in marble.

Indulgence pour tous ! sainte et tendre maxime.
Indulgence pour tous, pour toutes les erreurs,
Et même, si l'on peut, même aussi pour le crime !
Pitié pour tous les deuils, pour toutes les douleurs ;.

Pour l'orphelin débile, errant dans sa détresse ;
Pour le vaillant lutteur, vaincu dans ses efforts ;
Pour le riche, souvent plus pauvre en sa richesse
Que le pauvre oublié qui gémit de son sort.

Hélas ! par le hautain sentiment de nous-mêmes,
Par notre âpre égoïsme et notre vanité,
Que de fois nous manquons à ces deux lois suprêmes,
Lois de Dieu, lois du cœur : amour et charité !

Xavier MARMIER,
de l'Académie Française.

———

17

QUATUOR

Rien n'est plus imposant que de voir quatre musiciens devant leurs pupitres.

Ce sont quatre ouvriers qui exécutent un travail plein d'intérêt. Ils ont le contentement et l'orgueil naïf des charpentiers qui montrent le chef-d'œuvre.

On cause encore à petit bruit dans la salle, que l'introduction fait entendre ses premiers accords : cela sert de débrouillement aux idées du compositeur, cela échauffe les musiciens. La grande clarté n'est pas encore nécessaire ; il ne faut pas effrayer les yeux avec le soleil de midi. Déjà la foule écoute.

Les quatre instruments sont en plein quatuor ; ils trottent pour ne pas se fatiguer d'abord.

Il me semble que quatre voyageurs se sont rencontrés à l'auberge, le soir à souper ; ils se lèvent de bon matin, boivent un petit coup avant de marcher gaiement dans la plaine.

Le ciel est bleu, et il souffle un vent frais.

La conversation s'anime. Le violon raconte quelque bonne plaisanterie à son ami le second violon ;

l'alto l'a entendue et la redit au violoncelle, qui, en brave bourgeois, se la répète avec gravité pour la retenir et en faire jouir sa famille.

Par moment, les quatre voyageurs parlent ensemble ; mais les deux violons, plus alertes, marchent en avant, se font des confidences, et laissent par derrière l'alto et la basse, qui ne restent pas sans bavarder.

De temps en temps on se repose pour mieux marcher. Ne croyez pas que la conversation va tomber. Une exclamation part d'un côté, c'est l'alto ; une interrogation part de l'autre, c'est le violon. Et un cordial entrain règne parmi les quatre compagnons, qui se disent les choses les plus gaies du monde.

Mais le rire qui dure trop devient malséant.

Le violon fait trêve à ses plaisanteries en racontant une histoire un peu mélancolique. L'honnête alto comprend bien l'histoire, car il en a été témoin, et il ajoute même plus d'un détail que ne connaissait pas le violon.

Il faut voir les sympathies du violoncelle pour ce récit ; il pousse des exclamations qui ne sont pas variées, mais qui sont belles, parce qu'elles sont sincères. « Ah ! Dieu ! répète-t-il à tout instant, ah ! vraiment ! »

L'histoire est si bien contée que tous quatre s'attendrissent sur un événement si touchant.

Tout d'un coup les voyageurs aperçoivent un village dans le lointain ; ils oublient les gais propos, la mélancolie, la fatigue du chemin, la rencontre de la veille, pour se donner une poignée de main.

La route est finie, les quatre amis se séparent.

CHAMPFLEURY.

A UNE TÊTE DE MORT (¹)

Squelette, qu'as-tu fait de l'âme ?
Foyer, qu'as-tu fait de ta flamme ?
Cage muette, qu'as-tu fait
De ton bel oiseau qui chantait ?
Volcan, qu'as-tu fait de ta lave ?.
Qu'as-tu fait de ton maître, esclave ?

Comme une souveraine avec toute sa cour,
Une âme t'habitait : son cortége d'amour,
D'espoir, chantait, pleurait et peuplait son domaine,
Tu n'es plus qu'un désert : le lézard sous ton front
S'établit ; l'âme a fui, le frêle moucheron
S'introduit librement dans ce château de reine.

Etais-tu femme et belle, avec de longs cils noirs,
Des fleurs dans les cheveux, souriant aux miroirs?
Grand seigneur, dépassant les têtes de la foule ?
Jeune homme et délirant pour des yeux bruns ou bleus ?
On ne sait ; tous les morts se ressemblent entre eux ;
La vie a mille aspects, le néant n'a qu'un moule.

Débris dans les débris, crâne blanc et hideux,
Edifice montrant ta charpente à nos yeux,
Miroir brisé de l'âme, où rien ne se reflète,
Le passant qui te voit sans lèvres, sans regard,

(¹) Cette tête de mort était exposée dans un parc, au milieu des
ruines du château royal du Vivier, dans une propriété qui a appartenu
à M. Parquin.

Sans chair, demande : « Où donc est l'homme ? » Un peu plus
Il va se demander : « Où donc est le squelette ? »   [tard,

C'est pitié... Reste-là, regarde les passants ;
Oui, reste ! dis néant aux heureux, aux puissants !
Celui qui t'exposa dans son joyeux domaine
A pensé que tes os parleraient haut et fort ;
Il écrivit, avec une tête de mort,
Son traité sur l'orgueil et la misère humaine.

Ton âme a fui là-haut, vers la cité des cieux,
Aux longs murs de vapeur, aux palais radieux.
Elle est là, contemplant, dans une sainte extase,
Le soleil dans sa force et Dieu dans sa splendeur.
Toi, tu n'es que ruine et cendre : le seigneur,
Quand il a pris l'encens, laisse tomber le vase.

Anaïs SÉGALAS.

LE PETIT CHIEN DE MARIE STUART

C'était le mercredi 8 février 1587 ([1]), dans la salle basse du château de Fotheringay, comté de Northampton, à neuf heures du matin.

Marie Stuart allait y recevoir la mort, par arrêt des juges de l'implacable Elisabeth.

Fletcher, doyen de Peterborough, et environ deux cents personnes, gentilshommes, juges et officiers, témoins légaux ou curieux privilégiés, étaient réunis dans la salle funèbre, l'élite sur l'estrade, la foule derrière une barrière à hauteur d'appui, parquée sous la garde des hallebardiers.

L'échafaud, sorte d'estrade de deux pieds et demi de haut et de douze de large, accessible sur le devant par un degré, isolé sur les côtés par une balustrade. était drapé de frise noire de Lancastre ; le

[1] D'après l'ancien calendrier, dont se servaient encore les Anglais ; le 18 février, d'après le calendrier réformé par Grégoire XIII, dont se servaient les Etats catholiques du continent.

fauteuil où devait s'asseoir Marie, le carreau sur
lequel elle devait poser sa tête, étaient également
tendus de noir.

Vêtus de noir aussi étaient l'exécuteur de la Tour
et son aide ; l'un appuyé sur la hache qui reluisait
sous le jour blafard, l'autre procédant aux derniers
préparatifs, tous deux portant un deuil que distin-
guait du deuil de la salle et de celui de l'assemblée
l'insigne de leurs sinistres fonctions, un brassard de
crêpe rouge, empourprant la manche de leur justau-
corps de velours noir.

Marie parut, et ce fut dans toute la salle, parmi
les curieux, les soldats, les commissaires, les bourreaux eux-mêmes, un frémissement d'admiration
et comme un sourd murmure de pitié. Les yeux se
mouillaient, les poitrines se soulevaient, les cœurs
se troublaient, les consciences s'indignaient peut-
être tout bas. La figure de Marie, en effet, rayonnait d'innocence. Une telle femme ne pouvait être
coupable. Il y avait en elle déjà quelque chose de
céleste. Ses longs voiles blancs de victime, ondoyant
autour d'elle, semblaient des ailes prêtes à se dé-
ployer vers le ciel.

Marie était revêtue du costume de reine veuve,
qu'elle portait les jours de grande solennité.

Sa coiffure, en cœur, était de sinople blanc brodé

de dentelles, avec un voile pareil flottant jusqu'à terre. Elle portait un manteau de satin noir gaufré, à boutons de perles, doublé de martre zibeline, à manches pendantes, à collet relevé à l'italienne, dont son maître d'hôtel, André Melvil, soulevait derrière elle la longue queue traînante.

Sous ce manteau entr'ouvert, on apercevait son corsage de satin noir broché, noué de soie de couleur, et sa jupe de velours cramoisi brun sur laquelle s'entrechoquaient un chapelet et des scapulaires attachés à sa ceinture par un crochet d'or.

Enfin, son cou d'albâtre resplendissait sous un triple collier de boules de senteur terminé par une croix d'or qui étincelait sur sa poitrine.

C'est dans ce costume et dans cet appareil que Marie, après avoir salué noblement l'assemblée, monta sur le théâtre funèbre, soutenue par la main d'Amyas Poulet, le châtelain de Fotheringay, qu'elle remercia gracieusement de ce service, et avant de s'agenouiller devant le billot, « son dernier et rude chevet », s'assit comme sur un trône dans le fauteuil qui lui était destiné.

Elle avait gardé son livre d'Heures, ouvert aux pages de pénitence et de résignation, mais elle avait confié à Melvil le crucifix d'ivoire qu'elle tenait à

la main quand elle parut devant les spectateurs de
sa dernière heure.....

Nous passons sur les formalités qui préludèrent
au supplice, sur les derniers apprêts et les derniers
adieux, et nous arrivons au moment où l'infortunée
reine d'Écosse va recevoir le coup fatal.

Le bourreau lui-même était si ému de l'admirable
et, on peut le dire, angélique contenance de la victime
devant la mort, qu'il frappa d'une main mal assurée.

La hache, en tournoyant, glissa dans sa main et
s'abattit sur la tête de la royale patiente au moment
où elle murmurait la fin du verset : *In manus tuas,
Domine, commendo spiritum meum.* Mais, au lieu
de tomber sur le cou, « faillant à trouver la join-
ture », le lourd tranchant n'entama que « le chignon
du col, » c'est-à-dire la nuque.

La malheureuse reine ne fit pas un mouvement,
ne proféra pas une plainte ; la terrible douleur
qu'elle avait éprouvée fut trahie seulement par la
contraction du masque, dont l'assistance put s'apercevoir quand le bourreau lui montra le visage de
sa victime.

Car, d'un second coup, guidé cette fois par un œil
affermi et asséné d'une main exaspérée, l'exécuteur
avait tranché net les derniers liens sanglants, séparé
la tête du tronc et achevé sa journée.

Cette tête pâle, aux yeux bandés d'un mouchoir brodé d'or, aux narines contractées, sur les lèvres décolorées de laquelle une convulsion de douleur suprême avait étouffé le sourire de l'espérance, le bourreau la prit à terre où elle gisait au milieu de la sciure de bois sanglante qui formait l'aire de l'échafaud. Il la souleva, étalant sa calvitie précoce, que ne dissimulait plus la perruque blonde jetée à l'écart par la secousse du coup mortel ; il la tenait par les boucles de cheveux des tempes blanchies depuis les premiers jours de cette captivité de dix-neuf ans, et il s'écria de sa voix lugubre :

— Dieu sauve la reine !

— Ainsi périssent tous ses ennemis ! ajouta le docteur Fletcher, doyen de Peterborough.

Une seule voix se fit entendre après la sienne, au milieu des soupirs et des sanglots de toute l'assistance, dont le comte de Shrewsbury lui-même n'hésitait pas à partager le transport d'admiration et de pitié. Cette voix dit : *Amen !* C'était celle du fanatique et impassible comte de Kent.

Ainsi mourut pour l'immortalité Marie Stuart, reine douairière de France, reine d'Ecosse, à l'âge de quarantre-quatre ans et deux mois.

Les femmes de la reine décapitée et ses serviteurs qui, par une douloureuse faveur, avaient obtenu la

grâce d'assister à son supplice, Bourgoin, son médecin ; Gervais, son chirurgien ; Gorion, son phar-
macien ; Didier, son sommelier ; Jeanne Kennedy
et Elisabeth Curle, ses deux suivantes favorites, se
rapprochèrent alors en pleurant du billot dont ils
s'étaient détournés au moment fatal, sollicitant la
grâce de rendre les derniers devoirs et les derniers hommages aux restes de leur infortunée maîtresse.

On écarta rudement ces solliciteurs importuns,
et on repoussa le gémissant essaim dans des cham-
bres où on l'enferma.

C'est aux gardes et aux serviteurs du château,
moins suspects, que fut réservé le soin d'étancher le
sang de l'échafaud, de peur qu'un mouchoir trempé
de ce sang ne devînt un drapeau de vengeance entre
les mains des partisans exaspérés. C'est aux mêmes
mains brutales et mercenaires que fut confiée la
tâche de dépouiller ces restes profanés et de porter
le corps, recouvert d'un mauvais drap arraché à
un billard, dans la chambre de cérémonie du château. Là, embaumé à la hâte, enveloppé dans un
linceul de toile cirée, il devait attendre jusqu'au 29
juillet, au fond d'un cercueil de plomb, la sépulture
furtive et la pierre tumulaire, sans nom et sans ar-
moiries, de l'abbaye de Peterborough.

Or, voici ce qui arriva aux gens chargés de relever le cadavre et de le transporter dans la chambre de cérémonie où on devait procéder à l'embaumement. Quand ils soulevèrent le corps, revêtu de la jupe de taffetas velouté rouge et de la robe de velours cramoisi brun à corsage de satin noir, dernière toilette de la reine martyre, une sorte de gémissement, qui s'échappait de sous ces vêtements, les fit pâlir et reculer.

Ils s'enhardirent et ils trouvèrent, blotti sur le sein de sa maîtresse morte, à côté de ce cœur qui ne battait plus, le petit chien favori de la reine, ce *Black* aux longs poils noirs, aux yeux de feu, de la race charmante chère aux Stuarts, appelée plus tard du nom de Charles Ier, *Kings-Charles*.

Comment le fidèle et intelligent animal se trouvait-il là ? Ce mystérieux incident ne fut jamais bien éclairci. Il n'est guère probable que Marie, qui le portait d'habitude avec elle dans une poche intérieure de son manteau, eût pu être suivie sans s'en apercevoir et sans l'écarter, jusqu'au théâtre du supplice, par son petit chien favori. La conjecture la plus plausible est qu'une de ses filles l'avait caché dans son manchon et porté avec elle à ce funèbre rendez-vous des serviteurs de la reine. Peut-être aussi, dans l'intervalle qui s'écoula entre le matin

et le soir, le petit animal, errant à la recherche de
sa maîtresse absente, était-il parvenu à se faufiler,
par quelque porte entr'ouverte, jusque dans la
salle de l'échafaud, un moment solitaire et gardée
seulement par l'horreur du crime qui venait de s'y
accomplir.

Il s'était tapi d'abord dans les plis des vêtements
que Marie avait dépouillés avant de se livrer à
l'exécuteur, son manteau de satin noir gaufré, aux
longues manches, aux parements de martre zibeline, et le voile blanc qui l'enveloppait toute entière.
Puis il avait gagné le cadavre et avait pénétré, par
le corsage entr'ouvert, sur cette poitrine inanimée,
qu'il s'efforçait de réchauffer sous ses caresses.

Quoi qu'il en soit, le petit chien gémissant, lar-
moyant, ne voulait point quitter son poste d'amour
et de dévouement. Il fallut l'arracher du cadavre,
auquel il s'accrochait avec des jappements désespérés. Toutefois, un sentiment de superstitieuse clé-
mence fit qu'on ne le chassa point et qu'on le remit
aux soins d'une femme attachée au service de la
reine, qui se trouva fort à propos à passer aux environs de la salle funèbre où se passait, touchante
encore après ce dénoûment qui semblait avoir
épuisé l'horreur, l'admiration et la pitié, cette dernière scène du drame.

Cette femme était Française et se nommait Marguerite Lambrun.

Estimée de la reine, qu'elle adorait, Marguerite Lambrun n'avait pu assister à ses derniers moments, retenue au chevet de son mari malade.

Celui-ci, serviteur de la reine comme elle, et qui partageait tous les sentiments de sa femme à l'égard de sa maîtresse, fut tellement bouleversé par l'annonce de sa fin tragique, qu'on avait eu le tort de ne lui point cacher, que lorsque Marguerite revint au logis, du château où elle était allée chercher des nouvelles, elle trouva son mari mort, foudroyé par la colère et la douleur.

Voilà donc Marguerite veuve par le même coup qui lui ravissait sa maîtresse, sans autre consolation que ce pauvre petit chien qui demandait lui-même à être consolé, et quittant l'échafaud de la reine pour veiller, entre quatre cierges, Black sur ses genoux, au pied du lit de son mari mort.

On devine l'effet de cette nuit funèbre. Quand, le matin, Marguerite sortit de son rêve, elle rentrait dans la réalité avec les yeux à la fois fixes et hagards, le pas à la fois incertain et hardi des désespérés qui se sont abandonnés à la fatalité et que conduit désormais une seule et inexorable pensée.

Celle de Marguerite Lambrun était de venger la

mort de Marie par la mort d'Elisabeth, qui l'avait ordonnée, et de s'ensevelir dans son sinistre triomphe. Elle ne communiqua à personne son implacable dessein. Elle eût craint d'en être détournée. Elle n'avait pas besoin d'y être encouragée.

Tous les jours, dès le lendemain des obsèques de son mari, on vit la jeune veuve, dont les cheveux, comme ceux de son infortunée maîtresse, avaient subitement blanchi aux tempes en une nuit, venir au château, en habits de deuil, s'entretenir avec les serviteurs de la reine de l'objet de leurs communs regrets.

Comme eux aussi, elle allait furtivement s'agenouiller et prier en pleurant devant la porte de la chambre de cérémonie où pendant dix jours demeura abandonné le cadavre de Marie Stuart.

A ces pleurs, à ces prières, au deuil de ce culte pieux — que les gens du château firent bientôt cescer, en défendant par des sentinelles les abords de la chambre funèbre et en bouchant avec de la cire jusqu'au trou de serrure par lequel les serviteurs de Marie Stuart cherchaient à voir ses restes — répondaient en les insultant les grossières démonstrations de la joie populaire, célébrant la victoire de l'Angleterre sur l'Ecosse et du protestantisme sur le papisme.